MORD
AN DER
GRENZE

Ernest Zederbauer

MORD AN DER GRENZE

KRIMI

molden verlag

PROLOG

Wir schreiben das Jahr 2007. Obschon in geringerem Ausmaß als im Jahr zuvor, sickern noch immer Flüchtlinge über die „Grüne Grenze“ ins Waldviertel ein. Der Großteil davon kommt aus den Ländern der Russischen Föderation. Dabei immigrieren vorwiegend Familienangehörige bereits in Österreich lebender russischer Staatsangehöriger tschetschenischer Nationalität, die sich großteils als anerkannte Flüchtlinge hierzulande aufhalten. Die meisten dieser Tschetschenen sind auf dem Landweg über Weißrussland, Polen und Tschechien nach Österreich gekommen.

Durch die wahrhaft mörderische Deportation der tschetschenischen Zivilbevölkerung unter Stalin und durch die beiden Tschetschenienkriege sind heute noch immer viele Angehörige dieser Volksgruppe als Opfer von Kriegshandlungen, Folterungen und anderer Grausamkeiten traumatisiert. Viele haben rohe Gewalt am eigenen Leib erfahren.

Die Handlung des Romans ist jedoch frei erfunden, ebenso wie die darin vorkommenden Betroffenen.

Nicht erfunden sind leider die Skandale, die in jener Zeit die Wiener Polizei erschütterten. In den Jahren 2006 und 2007 überboten sich die Schlagzeilen über Machtkämpfe hochrangiger Beamter, der sogenannten Saunaaffäre und der „Verhaberung“ von Polizeioffizieren mit Größen des Rotlichtmilieus am Wiener Gürtel. Es kam zu Anzeigen wegen Amtsmissbrauch, Suspendierungen und auch Verurteilungen – allerdings auch Freisprüchen – von hochrangigen Angehörigen der Wiener Polizei.

- 1 -

Er hatte sich krank gemeldet. Seit Tagen schon fühlte er sich nicht wohl. Organisch war er vollkommen gesund, doch er fühlte eine Leere in sich, eine unerklärliche, unbeschreibliche Leere, die einfach da war und sich seines Gemüts bemächtigte. Einen Druck auf seiner Seele, wiewohl er sich nicht sicher war, wo diese saß, ja, ob er überhaupt eine hatte.

Er war eher ein Mensch, der an das Fassbare glaubte, der sich, um sich ein Urteil über bestimmte Vorgänge bilden zu können, diese mit eigenen Augen sehen und überprüfen musste. Sein ganzes Leben war davon bestimmt. So lange er zurückdenken konnte, gab es immer handfeste Regeln, an die man sich halten musste. Niedergeschriebene, ausgesprochene und unausgesprochene Regeln. Gesetze, Normen, Dienstvorschriften, Dienstpläne und Ausbildungsrichtlinien, die seinem Leben Halt und Stütze gaben. Deshalb, genau deshalb, war er auch Gendarm geworden, Polizist auf dem Land, weil er den Halt von Paragraphen brauchte. Die ihm exakt sagten, was richtig und falsch ist, ihm die Entscheidungen abnahmen. Denn er war ein Mann der Gesetze, der sie achtete und sein Leben danach ausrichtete. Zuvor eben in der grauen Uniform der Gendarmerie, bevor diese, aus einer politischen Zeitgeistspielerei, welche er nie verstanden und gebilligt hatte, mit der Polizei fusioniert wurde.

Er hielt nichts von Esoterik, von irgendwelchen mystischen Vorgängen im Inneren seines Körpers. Auch mit Begriffen wie Seelenwanderung, Über-Ich und ähnlichem psychologischem Geschwätz wusste er nichts anzufangen.

Körperlicher Schmerz hingegen war ihm wohl bekannt. Diesen liebte er. Manchmal sehnte er ihn herbei, manchmal ignorierte er ihn. Er kannte ihn in allen Variationen. Stechend, bebend, pochend, mahlend, hitzend, brennend. Auch den, der ihn in Wellen überfiel, der in unregelmäßigen Schüben kam, stets unvorhersehbar wie ein Partisanenangriff, vor dem man immer auf der Hut sein musste, weil man nie wusste, ob er einen von vorne oder von hinten überwältigte. Auch den plötzlichen Schmerz, der meist besonders heftig war und dessen Ausgangspunkt sich nicht auf Anhieb lokalisieren ließ, kannte er.

Mit diesen Schmerzen konnte er leben, die hatte er im Griff. Schon als Junge hatten ihm nach zu viel Süßigkeiten die Zähne weh getan, und im Winter, wenn er den Mahnungen seiner Mutter zum Trotz seine wollene Haube nicht aufsetzte, hatte er mehrmals unter Mittelohrentzündung gelitten.

Diese Schmerzen waren ihm allesamt vertraut. Er konnte sie bestimmen, einordnen, katalogisieren, bekämpfen oder nicht bekämpfen. An manchen Tagen spielte er den Harten, Widerstandsfähigen, Schmerzunempfindlichen. Da akzeptierte er den Schmerz als Teil seiner selbst, biss die Zähne zusammen und ließ sich nichts anmerken. Teilte sich weder seinem Arzt und schon gar nicht seiner Frau mit. Verrichtete weiterhin seinen Dienst und zwang mit Willenskraft den Schmerz in die Knie.

Nun aber litt er an einer anderen Art des Schmerzes. Einer, den er nicht erfassen konnte. Der sich aufgebaut hatte im dumpfen Aufeinanderprall. Der ihn erfüllte mit einer Lustlosigkeit, ihn seiner Antriebskraft beraubte, seine Energie schwinden ließ, ein schwarzes Loch in seine Seele fraß. Der ihn nachts nicht schlafen ließ und ihm den Angstschweiß auf die Stirn trieb. Gegen den es kein schmerzstillendes Mittel gab.

Schuld daran waren die zwei Frauen in seinem Haus. Seine Mutter, seine Frau. Die beiden hatten sich von Anfang an nicht gemocht. Die Mutter war der Schwiegertochter böse, da sie ihr den Sohn weg nahm, der ihre einzige Stütze, ihr ganzer Halt war, nachdem ihr Mann viel zu plötzlich und viel zu jung verstorben war. Seine Frau war ihrer Schwiegermutter böse, da sie aus ihm ein entscheidungsschwaches Muttersöhnchen gemacht hatte, das sich noch immer nicht von ihr loslösen konnte.

Er stand zwischen den beiden streitsüchtigen Frauen. Anfänglich war er das ausgleichende Element gewesen, hatte die tagtäglichen Streitereien geschlichtet, Spannungen beseitigt, beruhigend eingewirkt. Doch auf engsten Raum war es unmöglich, sich aus dem Weg zu gehen. Und so verging kein Tag, an dem die beiden Frauen nicht aneinander gerieten. Egal ob im Haus oder im Garten lieferten sich die beiden wütende Schreiduelle, brachten ihn fast um den Verstand. Setzte die eine junge Salatpflänzchen ein, riss die andere sie hinterher wieder aus. Fegte seine Frau das Vorhaus, leerte seine Mutter in ihrer Bösartigkeit ihren Abfallkübel dort wieder aus. Nörgelte seine Mutter am Essen herum, weigerte sich am nächsten Tag seine Frau zu kochen.

Er hatte gegen den Willen seiner Mutter geheiratet, liebte seine Frau und trug sie auf Händen. Da er als Gendarm gut verdiente, beschloss sie alsbald, die feine Dame zu spielen, gab ihre Arbeit auf, widmete sich fortan nur dem Haushalt. Auch mit vierzig war sie noch eine bildhübsche Frau, der die Männer auf der Straße nachblickten. Er war stolz auf sie, zumindest in den ersten Jahren ihrer Ehe. Doch sie hatte keine Kinder gewollt, wollte ihre Figur nicht mit einer Schwangerschaft verunstalten. Er hätte gerne welche gehabt, akzeptierte aber gezwungenermaßen ihren Wunsch nach Kinderlosigkeit, denn er liebte seine Frau abgöttisch, in der devoten Art eines Schoßhündchens. Er tat alles, nur um ihr zu gefallen, und dieser Umstand machte alles noch viel schlimmer. Denn nun wurde er in ihren Augen zur Memme, und ihre Verachtung traf ihn tief in seiner nur noch latent vorhandenen Männlichkeit. Tatsächlich traten in dieser Zeit erstmals seine Erektionsprobleme auf. Er konnte nicht mehr, sie wollte nicht mehr, zumindest nicht mit ihm.

Von Scheidung sprach sie nie, die wollte sie nicht. Denn sie war nichts, hatte nichts, hätte nicht gewusst, wo sie hingehen sollte. Sie war nur ein Häufchen Dreck mit einer schönen Larve, benötigte sein Geld, um sich mit Schmuck und schönen Kleidern zu behängen als Verhüllung ihrer eigenen Substanzlosigkeit. Hin und wieder suchte sie sich einen Liebhaber für flüchtige Stunden. Meist waren es wilde, raue Kerle aus der untersten Schublade. Sie brauchte den besonderen Kick, um ihre Gier zu stillen. Feste Hände, die ordentlich zupackten, nicht lange herum spielten. Starke, potente Burschen, die nur das eine wollten und das möglichst rasch. In Führerhäusern großer Lastwagen, im Auto auf dunklen Waldwegen, auf harten Parkbänken. Der absolute Höhepunkt war das Treffen einer Motorradgang am Badeteich, als sie bei ihrem Abendspaziergang den Schein des Lagerfeuers wahrnahm und unwiderstehlich hingezogen wurde. Trotz anfänglicher Angst hatte sie mit der wilden Horde gesoffen. Es waren zehn an der Zahl, allesamt verwegene Typen mit Bärten und langen Haaren, muskelbepackt, die Oberarme über und über tätowiert. Sie war sich des Risikos durchaus bewusst, das sie in dieser Nacht einging. Doch sie brauchte es, um ihren leeren Tank wieder voll zu füllen, ihre ungelebten Träume zu erleben. Und so gab sie sich den rauen Kerlen bereitwillig hin, bot ihnen all ihre Öffnungen dar, ließ sich erbarmungslos durchknallen. Stundenlang tollte sie mit ihnen auf der Liegewiese herum, ohne zu zählen, wie oft und mit wem. Mit ihren spitzen Schreien schrie sie nicht nur ihre Lust hinaus, sondern auch ihre Verachtung für ihren Mann, ihre Schwiegermutter, sich selbst. Besudelt und beschmutzt blieb sie liegen. Erst als sich die Erfüllungsgehilfen ihrer Träume von Lust und Leidenschaft in ihre Zelte verkrochen, schlich sie nach Hause.

Die Bewohner des kleinen Ortes kannten ihre abartigen Gewohnheiten, sprachen hinter vorgehaltener Hand von ihr wie von einer läufigen Hündin. Keiner sagte es laut, niemand wollte sich mit einem Polizisten anlegen. Auch seine Kollegen wussten es, sprachen hinter seinem Rücken hämisch von Impotenz und aufgesetzten Hörnern, vergönnten es ihm insgeheim, da er nicht sehr beliebt war. Zwei von ihnen wussten es genauer, hatten sie doch schon bei einer Geburtstagsfeier das Vergnügen gehabt, von ihr gemeinsam in der Gartenhütte des Lokals bedient zu werden.

Er wusste es nicht, und wollte es auch gar nicht wissen, denn ganz tief in seinem Herzen liebte er sie noch immer. Doch er ahnte, dass es noch andere Männer im Leben seiner Frau gab, ja geben musste. Da er ihre Gier nach Lust und Trieberfüllung kannte, wusste er genau, dass sie ohne Sex nicht auskam. Aber er konnte ihr keinen bieten. Ihre Art, mit seiner Mutter umzugehen, widerte ihn an.

Diese war nun in ihren späten Jahren pflegebedürftig, und er pflegte sie. Sie benötigte seinen Schutz, und er schützte sie, war für sie da, tat alles für sie. An manchen Tagen jedoch war er der Verzweiflung nahe, wenn sie in das Bett nässte, Salz statt Zucker in den Kaffee tat, wütend um sich schlug und ihn maßlos beschimpfte. Sie litt an Alzheimer, manchmal mehr, manchmal weniger, und tyrannisierte ihn auf Schritt und Tritt. Obwohl er sich alle Mühe gab, den Haushalt in Schuss zu halten, konnte er ihr nichts recht machen. Seine treulose Frau hatte mit der streitsüchtigen Alten abgeschlossen. Weigerte sich seit einiger Zeit für sie zu kochen, zu waschen, zu putzen. So fiel ihm die Arbeit zu, und er zog aus der ehelichen Wohnung im ersten Stock hinunter in das Erdgeschoss, in ein Zimmer neben dem seiner Mutter.

Wenn es ihm zu viel wurde, flüchtete er hinaus in den Wald. Sammelte Pilze und Beeren oder saß stundenlang stumm in sich versunken auf einem Hochstand und starrte ins Leere. In diesen

Momenten verachtete er sich selbst am meisten. Seine Willensschwäche, seine Unentschlossenheit, das Wissen um seine verkorkste Lebenssituation und die gleichzeitige Unfähigkeit, diese ändern zu wollen und zu können. Da bedrängten ihn die Dämonen seiner Hirnwelt, reifte in ihm der Entschluss, zu seiner Dienstwaffe zu greifen und seinem Leben ein Ende zu setzen. Doch dann stünde seine Mutter allein da, hätte niemanden mehr, der ihr helfen, ihr Trost zusprechen würde. Von diesen Dämonen gepeinigt, lief er dann durch den Wald wie ein Irrer, stieß Schreie der Verzweiflung aus oder weinte lautlos in sich hinein. Dann raste sein Lebenswagen auf einer unendlichen Achterbahnfahrt seiner Gefühle dahin, konnte weder anhalten noch aus den Schienen springen. Wenn ihm der Irrwitz seines Daseins vollends bewusst war, trat er die Flucht vor sich selbst, seiner Mutter, seiner Frau, seinem Leben an. In der kleinen Stadt, in der er lebte, munkelte man, dass er paranoid sei, ein Wahnsinniger. Etliche seiner Mitbürger, besonders jene, die sich selbst für normal hielten, hatten ihn bei seinen Irrgängen durch den Wald beobachtet, gehört, wie er mit sich selbst sprach, mit einem Stock auf unschuldiges Gras eindrosch, durch den Wald rannte wie die personifizierte Unbegreiflichkeit höchstselbst.

Da er seiner Frau nichts davon erzählte, ihr aber die Änderung in seinem Wesenszustand nicht auffiel, da sie schon lange, viel zu lange nebeneinanderherlebten, wusste sie nichts von seinem Schmerz, von dem höllischen Druck in seinem Inneren, von der unerfüllbaren Sehnsucht nach etwas Neuem, das groß war, unerklärlich, bewusstseinsverändernd. Seit zwei Jahren hatten sie schon nicht mehr miteinander geschlafen, waren sie sich körperlich und emotional aus dem Weg gegangen, hatte eine bedrückende Sprachlosigkeit einen Keil zwischen sie getrieben, wirkte ihr Schweigen wie ätzende Säure.

- 2 -

So hatte er sich krank gemeldet, ohne krank zu sein. Ein Psychiater freilich hätte hunderttausend Gründe für seinen Schmerz, sein merkwürdiges Verhalten gefunden. Doch er wollte nicht stundenlang auf einer Couch in einer Arztpraxis liegen und seine Seele vor einem wildfremden Seelenklempner entblößen.

Er tat, was er oft schon in ähnlichen Situationen getan hatte. Er stand um vier Uhr morgens auf und stahl sich leise aus dem Haus. Fuhr mit dem alten Fahrrad hinaus in den Wald knapp an der Grenze. Er kannte diesen Wald wie seine eigene Westentasche. Jeder Baum, jeder Strauch, jeder Felsblock war ihm von seinen Patrouillengängen vertraut. Denn er war Grenzpolizist, der die Grenze zu dem ehemaligen Ostblockstaat bewachte und dessen Aufgabe es war, illegale Grenzgänger festzunehmen, Kofferräume auf Schmuggelware zu untersuchen, Passfotos von Verdächtigen mit denen auf den Fahndungslisten des Computers zu vergleichen.

Er war ein erfolgreicher Polizist, ein gewissenhafter Beamter, der seine Vorschriften genau kannte, seine Rechte und Pflichten. Viele hatte er schon festgenommen, meist arme Teufel mit Frau und Kind, zerlumpt, hungernd und frierend. Tschetschenen und Georgier, Iraker und Iraner, Afghanen und Vietnamesen, Politische, Unpolitische, Wirtschaftsflüchtlinge, Kriminelle. Viele davon taten ihm Leid, die meisten zitterten vor Angst, wenn sie auf dem Posten warten mussten, bis endlich ein Dolmetscher aufgetrieben wurde. Dankbar tranken sie den dargebotenen Kaffee oder Tee, aßen ein Stück Brot. Die Kinder heulten, klammerten sich an die Rockschöße ihrer Mutter, starrten angstvoll mit großen schwarzen Augen Löcher in die Luft.

Diese Arbeit stumpfte ihn ab. Nur gelegentlich empfand er Mitleid, strich er einem Kind beruhigend über das Haar, fand er ein aufmunterndes, immer unverstandenes Wort für die armen Kreaturen. Die Abkühlung seiner Emotionen war der Schutzschild für seine Nerven, denn sonst hätte er schon längst durchgedreht.

Nach Gefühlen wurde auf seiner Dienststelle nicht gefragt. Sie waren hinderlich bei der vorschriftsmäßigen Abwicklung, beim Verhör und der Protokollierung des unerlaubten Grenzübertritts. So hatte er irgendwann den Sitz der Gefühle in seinem Gehirn stillgelegt, verbannt, abgeschlossen, die Bilder der von ihrem Schlepper im Stich Gelassenen von seiner emotionalen Festplatte gelöscht.

Eigentlich, so dachte er, war es unlogisch, dass er hierher in den Grenzwald fuhr. Nicht nur unlogisch, sondern sogar höchst bedenklich, da er doch jederzeit Gefahr lief, seinen Kollegen in die Arme zu laufen. Dies konnte unangenehme Folgen für ihn haben. Bestenfalls eine Rüge, schlimmstenfalls ein Disziplinarverfahren. Schließlich war er krank gemeldet und ein kranker Beamter fährt nicht in den Wald, um Pilze zu sammeln. Doch genau deshalb war er hier. Bei seiner Patrouille zwei Tage zuvor, hatte er sie dort stehen gesehen, im Gras am Waldrand. Heute wollte er sie holen. Pilzsucher müssen früh aufstehen, zeitig vor Ort sein, bevor die anderen kommen.

Er kannte natürlich den Dienstplan, wusste exakt, wer heute Dienst hatte; wo die beiden Kollegen gehen würden (es gingen immer zwei, nie einer allein), wie genau sie mit ihrer Grenzkontrolle sein würden, wie viele Pausen sie machen würden. Er war schon lange genug dabei, war mit den Gewohnheiten seiner Kollegen bestens vertraut. Deshalb wusste er auch, dass die Gefahr des Entdecktwerdens heute geringer war als sonst, da es eine „gemischte Patrouille“ war, also ein Kollege mit einer Kollegin Dienst hatte. Und obwohl es natürlich vehement abgestritten wurde, kam es dabei immer wieder vor, dass die beiden schnell einmal im Wald eine Nummer schoben. Beide waren verheiratet, sahen sich gerne und taten nach außen hin so, als ob sie sich nicht leiden konnten. Er aber wusste, dass es nicht so war. War ihnen heimlich einmal schon nach geschlichen, hinter dem Dienstauto gestanden, als die beiden auf dem Umkehrplatz bei dem alten Holzlager im Auto vögelten. Sie konnten ihn nicht sehen, doch ihn hatte die Szene so erregt, dass er sich in seine Hose ergoss. Beschämt, dass er die Selbstbeherrschung verloren hatte, hatte er sich wie ein geprügelter Hund rasch aus dem Staub gemacht.

Er machte sich keine Illusionen über seine Kollegen, hegte keine tieferen Freundschaften mit ihnen, war nicht besonders beliebt, galt als introvertierter Einzelgänger. Es würde ihnen allesamt großes Vergnügen bereiten, ihn anzuschwärzen, dass er im Krankenstand in den Wald ging, um Pilze zu sammeln. Doch er wollte diese Prachtexemplare von Steinpilzen. Außerdem brauchte er frische Luft, um seine trüben Gedanken zu ordnen. Die Einsamkeit in der Stille des Waldes war sein bester Freund.

Sein Fahrrad hatte er hinter einem Holzstoß abgestellt. Nun ging er durch das tautriefende Gras, über dem eine dünne Nebeldecke lag. Es war knapp vor fünf Uhr, im Wald war es noch düster, nur ab und zu erhellte ein flacher Strahl verwaschenen Lichts den dampfenden Waldboden. Die Pilze waren noch da. Die braunen Kappen lugten aus dem nassen Gras, nur sichtbar für den, der sich auskannte, Bescheid wusste von ihren Eigenheiten. Er nahm den kleinen Rucksack vom Rücken, nestelte umständlich darinnen herum, holte ein kleines Messer und einen Nylonsack heraus. Stellte den grünen Rucksack auf einem Baumstumpf ab, beugte sich zu den Pilzen. Gerade als er diese abschneiden wollte, hörte er Geräusche aus dem dunklen Wald. Weit entfernt noch, vierzig, vielleicht fünfzig Meter rechts von ihm, dort, wo die neue Forststraße in den alten Grenzweg mündete. Zuerst nur leises Murmeln, das typische Knistergeräusch brechender Zweige, vorsichtige Schritte.

Er hielt den Atem an, ging hinter einem Felsgebilde in Deckung. Plötzlich vernahm er leises Motorengeräusch aus der Ferne, das unverkennbare Tuckern eines Dienstwagens. Sie waren wieder unterwegs, die Grenzpolizisten, bei ihrer Routinefahrt entlang der Grenze. Vielleicht gab es wieder einmal einen telefonischen Hinweis, dass die Schlepper neues „Material" über die grüne Grenze bringen wollten. Oft schon war er dabei gewesen bei der Hatz auf die armen Menschen, denen gewissenlose Schlepper Geld und Besitz abgenommen hatten.

Es war noch immer morgendüster. Schemenhafte Gestalten rannten panisch durch den Wald, auch sie hatten das Motorengeräusch gehört. Er war so gut wie unsichtbar hinter dem schützenden Felsen, hoffte nur, dass seine Kollegen die Wärmebildkamera nicht in seine Richtung schwenkten. Gespannt bis in die letzte Faser wartete er die Situation ab. Seine Oberschenkel begannen zu brennen, sacht änderte er seine Sitzhaltung.

Nun flammten Suchscheinwerfer auf, erhellten schlagartig das Dunkel vor ihm. Stimmen wurden laut. „Halt. Stopp. Polizei!" Es war Rudolfs Stimme, scharf, unerbittlich, erfüllt mit Fremdenhass und Vorurteilen. Er trieb die Flüchtenden zusammen wie ein Kuhhirte seine Herde, umkreiste sie mit gezogener Waffe, während die junge Kollegin die Männer der Gruppe perlustrierte. Wie ein Häufchen personifizierten Elends standen sie herum, stumm, zitternd, willenlos alles mit sich geschehen lassend. So war es fast immer, gerade so, als ob man eine Herde stumpfsinnig dreinblickender Lämmer zum Schlächter trieb. Arme, ihrer Existenz beraubte Flüchtlinge, verhungert und zerlumpt. Familienväter mit ihren verhärmten Frauen und heulenden Kindern, verunsichert, bis zum Wahnsinn verängstigt, mit sinnentleerten Augen. Das waren keine Kriminellen, keine politischen Flüchtlinge, sondern Ausweglose, in ihrer Existenz Bedrohte, die einem skrupellosen Schlepper in die Falle gegangen waren. Widerstandslos ergaben sie sich, hielten die Hände in die Höhe, unfähig zu sprechen, sich zu äußern, zu verteidigen. Eingeschüchtert durch die Staatsgewalt, durch Waffen und Uniformen.

Gebannt starrte er auf die unwirkliche Szenerie im Morgengrauen. Der wallende Morgennebel verstärkte die Dramatik des Augenblicks. Aus sicherer Entfernung konnte er nur Umrisse erkennen, keine Einzelheiten. Die beiden Grenzpolizisten beschränkten sich darauf, das kleine Häufchen in Schach zu halten. Die bildhübsche Kollegin sprach in das Funkmikrofon. Er konnte die Worte nicht hören, wusste aber, dass sie den VW-Bus zum Abtransport der Illegalen herbei orderte. So wurden sie im Dienstjargon genannt, die illegal über die Grenze kamen. Er entspannte sich, die Gefahr des Entdecktwerdens war kleiner geworden. Glücklicherweise hatten sie die Hunde nicht mit. Die hätten ihn gewittert und aufgespürt, wären sofort zu ihm heran gestürmt. Sie liebten ihn. Waren die einzigen Kumpane, die er bei der Polizei hatte.

Die Zeit tröpfelte langsam vor sich hin. Von Minute zu Minute wurde es lichter. Nun erst konnte er wahrnehmen, dass es zwölf Personen waren. Sechs Männer, vier Frauen, zwei Kinder. Rudolf nestelte an seiner Uniformjacke herum, holte eine Schachtel Zigaretten heraus, hielt sie den Männern der Flüchtlingsgruppe hin. Nur einer griff zu, zögernd, angstvoll, eine Falle fürchtend. Ein Feuerzeug blitzte auf, ließ die Zigarette erglühen.

Seine Füße waren eingeschlafen. Er streckte sich, dachte im ersten Moment, dass er sich leise zurückziehen sollte. Seine Oberschenkel schmerzten von der unbequemen Haltung. Mittlerweile waren auch die Schuhe und die Hosenbeine vom Gras nass geworden und zu allem Überdruss krabbelten auch noch Ameisen über seinen Körper. Die Morgenkühle ließ ihn frösteln, wahrscheinlich würde er sich eine Erkältung zuziehen.

Ein leises Geräusch ließ ihn zusammenfahren. Es kam nicht von der Flüchtlingsgruppe, nein, es war viel näher, sieben, acht

Meter nur entfernt. Leises Knacken, gerade so als ob ein Tier über nadelbedecktem Waldboden schlich. Urplötzlich tauchte aus dem Dunkel eine Gestalt auf. Blieb hinter einem Fichtenstamm stehen, verharrte ausschauhaltend nach ihren Fluchtgefährten.

Er wagte nicht zu atmen. Es war eine junge Frau, die sich ihm näherte. Langsam richtete er sich auf, noch immer hinter dem Felsblock verborgen. Sein Turnschuh kratzte über die raue Oberfläche des Granits. Leise nur, doch sie hatte es gehört. Blieb unsicher stehen, hielt nun ihrerseits den Atem an, blickte sich um, konnte in der Düsternis nichts erkennen. Er konnte ihren Atem, ihre Angst spüren.

In die angespannte Stille hinein waren plötzlich Motorgeräusche zu hören. Der Polizeibus. Scheinwerfer erhellten die Menschengruppe am Waldesrand. Der Wagen hielt an, zwei weitere Beamte stiegen aus, Stimmen wurden laut. Die Tschetschenen, er dachte zumindest, dass es solche waren, denn in den letzten zwei Monaten hatten sie hauptsächlich Tschetschenen gefasst, zwängten sich wortlos apathisch in den Bus.

Die junge Frau begann zu laufen. Wollte weg, bevor es zu spät war. Doch das durfte sie nicht, denn das war mit Geräusch verbunden, sie würde gehört, entdeckt werden. Die beiden Kollegen würden ihren Weg fortsetzen, sobald der Kleinbus wieder abfuhr, genau in ihre Richtung. Einem urzeitlichen Instinkt folgend, sprang er auf, lief ihr durch das hohe Gras nach, riss sie von hinten nieder.

Mit schreckgeweiteten Augen lag sie unter ihm in der Nebelfeuchte. Die Angst verschlug ihr die Sprache. Er wollte ihr helfen, sie schützen, wollte nicht, dass sie von seinen Kollegen aufgegriffen wurde, betrachtete sie als seine ureigene Beute. So hielt er ihr den Mund zu, deutete ihr zu schweigen, zeigte auf die Gruppe am Waldesrand, die bald wieder weg sein würde. Ihre Augen waren schwarz, blickten ihn herausfordernd fragend an.

Das war zu viel für ihn. Seine Sicherungen brannten durch. Er riss ihr die Kleider vom Leibe, zog blitzartig seine Hose aus und drang in sie ein. Sie ließ es geschehen, lag schweigend und reglos unter ihm, als er sich in sie ergoss. Wusste, dass Widerstand zwecklos war. Hatte solches öfters erlebt in dem furchtbaren Krieg in ihrer Heimat, der nun schon so lange andauerte und Tod und Vergewaltigung, Not und Schrecken brachte. Sie war Terror gewöhnt, dem sie durch ihre Flucht entgehen wollte. Nun begann sie zu weinen. Das leise Wimmern einer geschundenen Seele drang in seine Ohren ein wie Donnerhall.

Er war verstört, ihm wurde langsam bewusst, was er soeben getan hatte. Dabei hatte er ihr nur helfen wollen. Er wollte ihr erklären, dass er sie für sorgen, ihr Geld, Essen und neue Kleider kaufen würde, sie keine Angst vor ihm zu haben brauche. Er war doch kein schlechter Mensch, würde ihr seinen Schutz, seine Protektion anbieten, ihr eine neue Zukunft geben.

Indes war der Mannschaftsbus abgefahren. Auch die beiden Kollegen waren wieder in den Geländewagen eingestiegen. Sie starteten, fuhren auf dem Grenzweg in ihre Richtung. Er hielt ihr den Mund zu. Flach an den Boden gepresst, sein Opfer fest umklammernd, hoffte er, dass sie nicht in das Licht der Scheinwerfer geraten würden. Dann wäre alles aus gewesen.

Gerade als der Wagen sich näherte, geriet die junge Frau in Panik. Bäumte sich unter ihm auf, strampelte mit den Füßen, schlug mit den Händen um sich. Angstschweiß stand auf seiner Stirn, Schreckensszenarien von Verhaftung, unehrbarer Entlassung und Gefängnis liefen in seinem Kopf ab. Das konnte er nicht zulassen, er hatte doch nichts getan, er war doch ein guter Mensch und diese Fremde da unter ihm doch nur ein Stück minderwertiges Fleisch!

So drückte er zu, bis sie mit einem leisen Röcheln unter seinen Händen starb.

- 3 -

Langsam richtete er sich auf. Ordnete seine Kleider, blickte auf die Tote im nassen Gras. Erst jetzt begriff er, was er getan hatte. Er hatte getötet. Einen Menschen aus Fleisch und Blut. Langsam, ganz langsam sickerte es durch sein Bewusstsein – Mörder, Mörder, Mörder!

Krämpfe erfassten seinen Körper, laut aufheulend brach er neben seinem Opfer zusammen. Er weinte. Über seine Untat, seine Lebensunfähigkeit, seine Schwachheit, seine Untüchtigkeit, das Leben zu meistern, Konflikte zu lösen und bereinigen zu können. Wie ihm zum Hohn ging in diesem Augenblick die Sonne auf, erhob sich der rote Feuerball aus dem Kornfeld, tauchte die Ähren in helles Licht.

Mit zitternden Händen schüttelte er den leblosen Körper. Tätschelte das Gesicht der Unglücklichen in der Hoffnung, dass sie nur bewusstlos wäre. Noch im selben Moment erkannte er die Unsinnigkeit seines Handelns. Sie war tot, tot, tot, mausetot und er hatte sie getötet.

Er übergab sich. Er, der Polizist, der Hüter des Gesetzes, stand plötzlich auf dessen anderer Seite, war zum Mörder geworden. Unbändiges Grauen überkam ihn, brach an die Oberfläche durch. Er begann wieder zu weinen. Weniger aus Mitleid mit der Toten, die hatte er nicht gekannt, war ihm fremd, zufällig im falschen Moment am falschen Platz gewesen, sondern aus Mitleid über sich selbst, über ihn, den guten, korrekten Beamten, der durch einen unglücklichen Zufall zum Mörder geworden war.

Was hätte er mit der Fremden tun sollen? Sie anhalten, zu den Kollegen nach vorne bringen sollen, zur Gruppe der festgenommenen Illegalen? Zu Kreuze kriechen, den Kollegen erklären, was er in seinem Krankenstand um fünf Uhr Morgens im Grenzwald zu suchen habe? Vor der Vergewaltigung wäre es nicht möglich gewesen, diese war spontan geschehen, aus einem atavistischen Urinstinkt des Jägers heraus, der erwacht war beim Anblick der leichten Beute. Nur erklärbar durch seinen sexuellen Notstand, für den nicht er, sondern seine treulose Frau verantwortlich war. Sie war schuld an seinem Unglück, schuld an seiner Schuld, die er nun ein Leben lang mit sich zu tragen hatte.

Nun aber konnte und durfte er sich erst recht nicht stellen. Eine Verhaftung wäre das Ende seiner beruflichen Laufbahn, seines ehrbaren Lebens gewesen. Er hatte sich um die bald freiwerdende Stelle des Postenkommandanten beworben, kein Makel durfte an ihm haften, kein Schatten auf seine bisherige Bilderbuchkarriere fallen.

Er tat, was er tun musste. Er untersuchte den Leichnam. In dem kleinen Rucksack, den sie noch immer am Rücken trug, fand er lediglich zwei Stück Brot, einen Apfel und eine halb volle Flasche tschechisches Mineralwasser. Etwas Unterwäsche, einen rotzgrünen Nylon-Regenschutz, einen kleinen Waschbeutel mit Seife, Kamm und Hygieneartikeln, einen dickeren Pullover und eine verknitterte Jeans. In einem Seitenfach des Rucksacks entdeckte er ein in Plastik wasserdicht verschnürtes Päckchen. Er öffnete es nicht sofort, dazu blieb ihm keine Zeit, die Patrouille würde in längstens einer halben Stunde wieder zurückkommen.

Hastig lief er zu seinem Fahrrad, klemmte den Rucksack in den Gepäckträger am Hinterrad. Dann suchte er einen Fichtenzweig, zerkratzte damit der Toten das Gesicht in der Hoffnung, etwaige Fingerabdrücke damit unkenntlich zu machen. Dann zog er die Frau in das Dickicht hinein. Es gab da eine sumpfige Stelle, wo niederes Erlengestrüpp wuchs und nie jemand hin kam. Wahrscheinlich würde es Wochen, vielleicht sogar Monate dauern, bis man sie dort fand.

Er blickte auf seine Armbanduhr. Es war zehn vor Sechs. Rasch zog er sein Rad unter dem Hochstand vor, sah sich noch einmal um, ob er irgendetwas Belastendes übersehen hatte und fuhr auf Waldwegen, von denen er genau wusste, dass sie von der Grenzpatrouille nicht befahren wurden, heimwärts.

Zuhause angekommen, ließ er Wasser in die Badewanne ein. Zweiundvierzig Grad, wie immer. Langsam stieg er in das heiße Wasser. Sein Körper entspannte sich. Immer wenn er Probleme hatte, flüchtete er in die Wanne. Doch diesmal war es anders. Diesmal galt das Schrubben mit der Bürste nicht der Körperreinigung, sondern der Reinigung von Schuld. Er malträtierte seine Haut, bis sie feuerrot glänzte. Besondere Aufmerksamkeit widmete er seinen Händen. Hob sie aus dem Wasser empor, betrachtete sie von allen Seiten. Nichts hatte sich an ihnen verändert, und doch hatten sie ihn zum Mörder gemacht.

Kalter Schauer erfasste ihn im heißen Wasser. Seine Nerven spielten nicht mehr mit, sein Körper wand sich in Zuckungen. Lautes, unkontrollierbares Schluchzen stieß aus ihm heraus, flüchtete aus seiner Seele. Ein tiefes, schwarzes Loch tat sich in ihm auf, stieß seine Ängste, seine Lebenspein, seine Ohnmacht, seine Schuld an die Oberfläche. Tränenbäche rannen seine Wangen hinab, liefen in das Wasser in der Wanne. Von Dämonen gepeinigt, riss er den Stöpsel aus dem Ablauf, sah zu, wie das Wasser aus der Wanne strömte und mit ihm all seine Lebensenergie.

Langsam stieg er aus der Wanne und trocknete sich ab. Inspizierte noch einmal seine Hände. Konnte noch immer nicht fassen, was er getan hatte. Von einer Minute zur anderen war er zum Mörder geworden. Ohne die Person zu kennen, ohne Vorsatz, ohne den Gedanken an Hass, Rache oder Vergeltung, ganz plötzlich, einfach so.

Er schlüpfte in seinen Bademantel und schlich leise in sein Zimmer. Es war noch still im Haus. Seine Frau stand nie vor Acht auf, schlief in ihrem eigenen Zimmer. Sie hatten nichts mehr gemeinsam, nicht einmal ein Schlafzimmer. Sie schlief im Obergeschoss, er in einem Kabinett neben dem Schlafzimmer seiner Mutter, sodass er sie hören konnte, wenn sie ihn in der Nacht brauchte. Und sie brauchte ihn oft. Nicht immer, weil sie krank war, sich nicht wohl fühlte, sondern meist, da sie ihn einfach bei sich haben wollte. Schließlich war er ihr Sohn, ihr Bubi, den sie noch immer als kleines Kind vor sich sah. Der Tag, an dem er aus dem ehelichen Schlafgemach auszog, war für sie ein Triumph. Ihre Schwiegertochter hatte ihn ihr einst weggenommen, nun war er wieder zurückgekehrt.

Er lag auf seinem Bett, ordnete seine Gedanken. Langsam wich die Angst, kehrte sein Überlebenstrieb zurück. Sein Verstand arbeitete auf Hochtouren. Das Wichtigste im Moment, so sagte er sich, war die Rückkehr in die Normalität. Alltägliche Lebensgewohnheiten beibehalten, so als ob nichts geschehen wäre. So sein wie immer. Nicht auffällig werden, nervös, fahrig, unbedachte Äußerungen von sich gebend. Zweifellos das allerwichtigste aber war nun die Rückkehr an seine Dienststelle.

Ein dumpfer Schlag riss ihn aus seiner Hirnwelt. Seine Mutter war wach geworden, früher als sonst, vielleicht spürte sie seine Unruhe. Ihr Bett stand neben der Verbindungstüre zu seinem Zimmer. Wenn sie ihn benötigte, schlug sie mit ihrem Stock auf die Tür. Wenn er dann nicht sogleich zu ihr eilte, war sie ungehalten. Obgleich sie durch ihre Krankheit in einer anderen Welt lebte, meist nicht wusste, wer sie war und was sie tat, so konnte sie sich seltsamerweise seinen Dienstplan merken. Jeden Monatsanfang las er ihr diesen vor, alle Nachtdienste, alle Wochenenddienste. Sie wusste stets genau, wann er im Haus war und wann nicht. Wann sie mit ihm rechnen konnte und wann nicht.

Er durfte die Situation nicht verändern. Also erhob er sich von seinem Bett und ging, noch immer im Bademantel, in das Zimmer seiner Mutter.

„Guten Morgen, Mutter, wie geht's dir, hast du gut geschlafen" begrüßte er sie, wie alle anderen Tage im Jahr auch. Es war stets das gleiche Ritual, dieselben Fragen, dieselben Antworten.

„Nein", herrschte sie ihn an, „ich habe nicht gut geschlafen, das weißt du doch!"

Wie an jedem dieser Tage machte er Kaffee, strich zwei Butterbrote. Eines für sich, eines für die Alte. Ging zum vorsorglich versperrten Arzneischrank im Badezimmer, holte ihre Tagesration an Pillen, legte diese auf den Frühstücksteller.

Als er das Zimmer wieder betrat, sprach sie ihn unvermittelt an.

„Wo warst du heute frühmorgens, du bist bereits um vier Uhr aufgestanden?"

Ihm stockte der Atem. Sie hatte es also bemerkt! Er war fassungslos.

„Ich hab nicht mehr schlafen können, habe so Angstzustände verspürt, deshalb bin ich in die frische Luft hinaus, bin eine Runde gegangen!"

„Aber du warst in der Garage!"

Abermals war er erstaunt. Er war extrem leise gewesen und doch hatte sie ein Geräusch vernommen. Sie schlief immer bei dem offenen Fenster, das der Garage gegenüber lag. In dem Moment, da er sich rechtfertigen wollte, fiel sie wieder in ihre altgewohnte Teilnahmslosigkeit zurück. Aufrecht im Bett sitzend, starrte sie ihn an, hatte bereits wieder vergessen, was sie zuvor gesagt hatte. Das war das Allerschrecklichste an ihrer Krankheit. Von Zeit zu Zeit war sie klar bei Verstand, erinnerte sich an jede Kleinigkeit, frappierte alle mit ihrem außerordentlichen Langzeitgedächtnis, in dem ihr Sohn die Hauptrolle spielte. Manchmal, so schien es, war ihr ganzes Sinnen und Trachten darauf ausgerichtet, ihn vor der ungeliebten Schwiegertochter zu schützen. Diese Aufgabe allein hielt sie am Leben, der Hass auf die andere Frau war förmlich zu spüren. Sie war immer starrsinnig gewesen, auch früher, als sie noch gesund war. Hatte immer auf ihre Meinung gepocht, allen anderen ihre Denkweise aufgezwungen. Er hatte sich nie von ihr lösen können, war stets das Muttersöhnchen gewesen. Dies war zweifellos der Hauptgrund für das Scheitern seiner Ehe. Die beiden Frauen hatten sich nie verstanden, ständig gab es Anlass zu törichten Sticheleien, zu Streitigkeiten um nichts. Anfangs machte ihn das verrückt, später resignierte er und ließ den Dingen freien Lauf. Beide pflegten ihren Widersinn bis an die Grenzen der Perversität, gerade so, als ob Rechthaberei ihr einziger Daseinszweck wäre.

Er vergewisserte sich, dass sie schlief. Rückte ihr den Polster zurecht, wischte ihr den Schweiß von der Stirn. Leise schlich er aus dem Zimmer. Holte den Rucksack der Fremden, die es nun nicht mehr gab. Kehrte wieder in sein Zimmer zurück. Im Haus war es noch immer still, seine Frau würde, wie üblich, nicht vor Acht aufstehen. Das kleine, in einem Plastiksack verschnürte Päckchen interessierte ihn. Er löste die Gummiringe, nahm den Inhalt an sich. Ein Reisepass, ausgestellt auf den Namen Tamara Dossidowitsch. Sie war Tschetschenin, doch das hatte er schon vorher gewusst. Er hatte bereits viele Tschetschenen festgenommen, erkannte sie sofort an ihren hohen Backenknochen, den schwarzen Augen, dem trotzigen, herausfordernden Blick, dem trotz ihres Elends ungebrochenen Stolz.

Im Einband des Passes steckten fünf Fotos. Schwarzweißbilder schlechter Qualität, alte Familienfotos, die ihn nicht weiter interessierten. Ein kleiner Zettel fiel ihm auf. Eine Adresse aus dem 2. Wiener Gemeindebezirk. Ein tschetschenischer Name, sicher ein Kontaktmann, eine Ansprechperson, Hilfe in einem wildfremden Land. Den Reisepass und den Zettel versteckte er vorsorglich in seinem Nachtkästchen, dort würden sie sicher sein, niemand kam je in sein Zimmer. Er packte die armseligen Habseligkeiten wieder in den Rucksack, ging in den Heizungskeller und verbrannte alles im alten Gusskessel.

Gedankenverloren eilte er die Stiegen zur Küche hinauf. Mittlerweile war es acht Uhr geworden, aus dem Badezimmer waren die üblichen Morgengeräusche zu hören, die Gnädigste war bereits aufgestanden. Leise schlich er an der Badezimmertür vorbei, doch sie hatte ihn gehört. Öffnete spaltbreit die Tür, keifte heraus.

„Was hast du um vier Uhr früh in der Garage zu tun gehabt?"

Wie von Donner gerührt, blieb er stehen. Auch sie hatte ihn also gehört, er wusste, dass jedes Leugnen zwecklos war.

„Ich bin mit dem Fahrrad in den Wald zur Hinterleiten gefahren", log er, denn dieser Wald lag an der anderen Seite der Stadt, weiter weg von der Grenze. „Ich konnte nicht schlafen, wollte Pilze suchen, doch ich habe keine gefunden!" Er ging zur Tür.

Für sie war die Sache noch nicht erledigt. „Bist ein schöner Trottel, bist krank gemeldet und fährst Schwammerlsuchen!"

Er zuckte müde die Schultern, ließ sie einfach stehen und ging in die Garage. Dort lag noch das Verpflegungssäckchen der Fremden mit den schönen schwarzen Augen, die jetzt gebrochen waren. Und er war schuld, er hatte sie getötet. Erstickt. Erwürgt. Mit seinen Händen. Schwindel überfiel ihn, augenblicklich rann ihm eiskalter Schweiß über den Rücken. In einer Ecke stand der Stapel der vier Winterreifen. Er taumelte darauf zu und fiel darüber. Reglos lag er da, die Füße baumelten herunter, wie ein großes „V" sackte seine Körpermitte in das Innere der Reifen ab. Seine Hände zitterten, sein Mund stand weit offen wie bei einem epileptischen Anfall.

Rückenschmerzen durchzuckten ihn. Mühevoll richtete er sich wieder auf. Langsam fasste er sich. Rasch eilte er hinaus in die frische Luft, bevor ihn der Garagengestank von Benzin und Gummi fertig machte. Dann vergrub er Äpfel und Brote im Komposthaufen, leerte die Mineralwasserflasche. Die blaue Plastikflasche mit der Aufschrift „Magnesia" würde er spätnachts, von seinen Fingerabdrücken lückenlos gereinigt, in den Müllcontainer des Bauhofes werfen. Damit würden alle Spuren seiner Missetat bereinigt sein. Bis auf die Leiche der unglücklichen Schönen mit den schwarzen Augen, die zur falschen Zeit am falschen Platz gewesen war. In Gedanken ging er noch einmal alles durch, doch er war sich sicher, keine Spuren hinterlassen zu haben. Trotzdem zerriss panische Angst seine Brust.

Wenn es doch endlich regnen würde, sinnierte er in seiner Verzweiflung vor sich hin. Dann würde die Leiche schneller in den Sumpf hinab gezogen, unauffindbar werden. Er blickte flehentlich zum Himmel, hoffte auf schwarze Gewitterwolken. Doch der Himmel erstrahlte in schönstem Blau, nur ab und zu segelten kleine Wolkenflotten in blendendem Weiß vorüber. Heute würde es kein Gewitter geben. Heute nicht und morgen auch nicht.

Die Grenzpolizisten von hüben und drüben mieden dieses sumpfige Waldstück, das wusste er aus eigener Erfahrung. Gefährlicher waren da schon Waldarbeiter oder die Sammler der Rauschbeere, die dort wuchs. Auch bestand die Gefahr, dass ein Wildschwein die Leiche entdeckte und aus dem Sumpf zerrte. Ganze Angstszenarien geisterten durch seinen Kopf, strapazierten seine schwer erschütterte Hirnwelt über jedes erträgliche Maß hinaus.

Er verscheuchte die dunklen Bilder, atmete tief durch und ging wieder in das Haus zurück. Griff zum Telefon, wählte die Nummer seiner Dienststelle und meldete sich gesund. Er musste wieder zurück in den Alltag, so tun, als ob nichts geschehen wäre. Der Sprung zurück in die Normalität war sein bester Schutz. Außerdem würde er dann an der Quelle sitzen. Es war wichtig für ihn, über den Ermittlungsstand Bescheid zu wissen.

Die Illegalen würden über die junge Frau nichts aussagen, in der Hoffnung, sie hätte vielleicht an anderer, besserer Stelle den Grenzübertritt geschafft. Über diesen Aspekt war er sich sicher, er hatte oft genug schon mit Flüchtlingen zu tun gehabt, kannte ihr Schweigen, ihre Verstocktheit. Dieser Umstand, so hoffte er, würde ihm wichtigen Zeitvorsprung verschaffen. Das Problem war eindeutig die Leiche. Für sie musste er ein besseres Versteck suchen!

- 4 -

Am nächsten Tag meldete er sich zum Dienst. Seine Bauchgrippe, so erzählte er jedem, der es wissen wollte, sei schnell wieder vorbei gewesen, die Scheißerei ebenfalls. Beiläufig erkundigte er sich bei seinen Kollegen, ob in seiner Abwesenheit etwas Gravierendes vorgefallen sei. Sie berichteten ihm von dem Aufgriff der zwölf Tschetschenen. Es sei dabei alles glatt gelaufen, das Häufchen hätte keinen Widerstand geleistet und wäre bereits auf dem Wege in das Flüchtlingslager nach Traiskirchen.

In einem unbeobachteten Moment holte er das Protokoll aus dem Regal und las es. Von einer jungen, abgängigen Frau stand da nichts. Auch nichts von anderen Spuren oder sonstigen aufmerksamkeitserregenden Vorgängen während oder nach der Verhaftung. Seine Chancen blieben also intakt, würden mit jedem Tag der Nichtentdeckung der Leiche besser werden. Nun hieß es abwarten und keinen unbedachten Fehler machen.

Als er nächsten Tag am Grenzweg Patrouille fuhr, blieb er bei dem überhängenden Felsblock stehen. Erklärte seinem Kollegen, dass er schnell mal pieseln müsste, stieg aus und ging zu dem Felsblock. So unauffällig wie möglich blickte er sich um, suchte den Waldboden ab, ob er verräterische Spuren hinterlassen hatte. Er fand nichts. Zum Waldsumpf konnte er nicht gehen, ohne sich verdächtig zu machen. So kehrte er wieder zum Fahrzeug zurück. Als er sich näherte, spürte er die Blicke des Kollegen auf sich ruhen. Er wurde unruhig. Der junge Beamte, er war erst frisch von der Ausbildung zu ihnen versetzt worden, blickte ihm spöttisch ins Gesicht.

„Pieselt es sich dort besser als anderswo?", wollte er von ihm wissen. „Was gibt es denn Besonderes bei diesem Steinhaufen?" Es war ihm also aufgefallen, dass er sich länger Zeit ließ.

Er reagierte überempfindlich, jede Vorsicht außer Acht lassend. „Ich piesle immer dort, wenn ich vorbeikomme, außerdem kann es dir ganz wurscht sein, wo ich es tu!"

Im selben Moment, als er sie ausgesprochen hatte, taten ihm die Worte leid. „Du wirst schon noch sehen, wenn du einmal älter bist, dann wirst du auch öfters müssen", fuhr er beschwichtigend fort. Er konnte und durfte den Jüngeren nicht vergrämen. Ruhig bleiben, ganz ruhig bleiben, schwor er sich innerlich. So sein wie immer, nicht mehr, nicht weniger. Den Durchschnittsmenschen weiter spielen, der er war. Sich nicht unnötig hervortun hieß nun die Devise.

Der junge Kollege zuckte bloß die Achsel und startete den Geländewagen. Schweigend fuhren sie den Grenzweg entlang. Von Zeit zu Zeit blieben sie stehen und beobachteten vom Auto aus mit ihren Feldstechern die Grenze. Ein Rehbock brach aus dem Wald, verharrte kurz, nahm ihre Witterung auf, flüchtete, tauchte in hohen Sprüngen ein in das Getreidefeld. An diesem Tag war das scheue Tier der einzige illegale Grenzgänger. Nach vier Stunden kehrten sie zum Amtsgebäude zurück und schrieben ihren Bericht. Am Horizont fuhrwerkte ein Bauer auf dem Feld herum, eine Schar Krähen zankte sich an einem Feldrain. Ausgerechnet Krähen. Waren Krähen Aasfresser? Krähen waren natürlich ein Unsicherheitsfaktor in seinem Plan. Hatten sie die Tote schon entdeckt im Erlengestrüpp? Würden sie ihr die Augen aushacken, das weiche Fleisch ihrer Wangen gustieren, so wie er es in einem grässlichen Horrorfilm gesehen hatte? Wie würden sich die anderen Tiere des Waldes verhalten?

Drei Wochen tat sich nichts außer dem Üblichen. Ein paar Illegale wurden aufgegriffen, diesmal waren es Georgier und Afghanen. An der Grenzübertrittsstelle wurde ein Einheimischer erwischt, als er zwanzig Stangen Zigaretten schmuggelte. Er versah seinen Dienst so routinemäßig wie seit zwanzig Jahren. Seine Nerven hatten sich wieder beruhigt, die Fremde erschien ihm nur mehr im Traum, im Über-Ich. Sein Oberbewusstsein hatte den Vorfall bereits abgehakt, beschäftigte ihn nur mehr am Rande, hielt seine Schuldgefühle in Grenzen. Die Leiche war noch immer nicht gefunden worden, keiner ihrer Fluchtgefährten hatte die Frau als vermisst gemeldet, niemandem ging sie ab.

Doch er irrte sich. Eines Tages, an dem er dienstfrei hatte, kam ein Brief des Lagerleiters des Flüchtlingslagers. Der tschetschenische Junge, der seit seiner Überstellung verstört war und kaum mehr sprach, hatte einem Betreuer erklärt, eine Aussage machen zu wollen. Ein Dolmetsch wurde beigezogen. Nun kam es ans Tageslicht, dass zur Gruppe noch eine junge Frau gehört hatte, die kurz vor der Ergreifung plötzlich verschwunden war. Sie war in Grosny die Nachbarin des Jungen gewesen und hatte sich um ihn gekümmert. Jetzt wurden auch die anderen Mitglieder der Fluchtgruppe verhört. Dabei stellte sich heraus, dass Tamara ausgerechnet knapp vor der Grenze ein menschliches Rühren verspürte und in einem Jungwald verschwand. Dann war alles sehr schnell gegangen, die Patrouille war gekommen und hatte die Flüchtigen entdeckt. Bei ihrer Einvernahme schwiegen sie hartnäckig, da sie Tamara schützen wollten. Außerdem hätten sie gehofft, dass sie vielleicht auf einem anderem Weg die Grenze überschritten und nun in Sicherheit irgendwo in Österreich untergetaucht war.

Jetzt wurde es hektisch. Die tschechischen Kollegen wurden verständigt und der Abschnitt noch einmal kontrolliert. Doppelpatrouillen schritten auf beiden Seiten die Grenze ab.

Da es aber an jenem Tag heftig regnete und Tschetschenen von den Grenzpolizisten beiderseits der Grenze gewohnheitsmäßig als

Menschen zweiter oder gar dritter Klasse betrachtet wurden, riss sich keiner der Beamten die Füße aus. Die Kontrolle des Abschnitts wurde oberflächlich, ohne viel Aufwand und Ambition durchgeführt. Bei dem herrschenden Sauwetter fiel es niemandem ein, das sumpfige Waldstück zu durchsuchen.

Als er am nächsten Tag wieder seinen Dienst antrat, erfuhr er von der Abgängigkeitsmeldung. Augenblicklich wurde ihm schlecht. Ohne sich um das Erstaunen seiner Kollegen zu kümmern, rannte er auf die Toilette und übergab sich. Schlotternd stand er dort und rang verzweifelt um Luft. Plötzlich war es wieder da, das Schuldgefühl, die Angst, die jähe Erkenntnis, ein Mörder zu sein und entlarvt zu werden. In seinem Kopf drehte sich alles, er war fix und fertig. Langsam sickerte es durch sein Gehirn, dass Probleme auf ihn zukamen. Nun würde die Kripo eingeschaltet werden, um nach der Vermissten zu suchen. Dies, so glaubte er, wäre halb so wild. Denn er konnte die Kollegen im Auge behalten, sich in die Ermittlungen einschalten. Größere Gefahr kam von den Tschetschenen selbst. Irgendwer hatte Geld in menschliche Ware investiert, diese aber nicht erhalten. Er wusste genug über die Verästelungen der tschetschenischen Mafia in Österreich, war sich sicher, dass auch diese nach der Vermissten suchen würde. Von nun an musste er doppelt vorsichtig sein. Das waren raue Kerle, die vor nichts zurückschreckten. Auch nicht vor einem Mord, für sie galt ein Menschenleben nichts. Auch seines.

Lautes Klopfen an der Tür riss ihn aus seinen trüben Gedanken.

„Was hast du, ist dir nicht gut, brauchst du Hilfe?“, tönte die Stimme des Chefs von draußen herein.

Er fuhr zusammen. „Nein, keineswegs, ich hab nur so ein plötzliches Unwohlsein verspürt, eine Magenverstimmung, vielleicht hätte ich den grünen Apfel zuerst nicht essen sollen. Es geht schon wieder. Möglich, dass sich diese blöde Bauchgrippe wieder meldet!“

Die Lage war prekär. Der Alte, wie sie ihn hinter seinem Rücken nannten, war ein schlauer Fuchs. Kam ursprünglich von der Kriminalpolizei, war psychologisch geschult. Hatte bereits viele Ermittlungen geführt und erfolgreich abgeschlossen. Mit seiner kriminalistischen Erfahrung würde er es sofort merken, dass etwas nicht in Ordnung war. Ihn konnte man nichts vormachen, er merkte sofort, wenn jemand log und sich in Widersprüche verwickelte. Deswegen musste er auf der Hut sein. Sicherheitshalber betätigte er noch einmal die Klospülung, kniff sich in den Arm, straffte sich und verließ das WC.

Der Alte musterte ihn von oben. „Gibt es wieder Probleme mit deinen Weibern daheim?“, wollte er von ihm wissen. „Schmeiß deine Frau raus und steck deine Mutter ins Altersheim, dann geht es dir gleich wieder besser. Man soll sich von den Weibern eben nicht schikanieren lassen! No woman, no cry!“

Er schüttelte den Kopf, murmelte irgendeinen unverständlichen Sermon vor sich hin und kehrte an seinen Schreibtisch zurück. Gedankenverloren starrte er den Bildschirm seines PCs an. Seine Augen fixierten das Windows-Zeichen, gingen ihm nach, wenn es von einer Ecke in die andere sprang.

Als er über Mittag alleine in der Kanzlei war, holte er das Dossier über die abgängige Frau aus dem Ordner. Es war in schwerflüssigem Beamtendeutsch abgefasst, die Angaben waren mehr als dürftig. Tamara Dossidowitsch war 21 Jahre alt, in Grosny geboren und hatte den Beruf einer Friseurin gelernt. Sie war mit keinem anderen Mitglied der gefassten Gruppe verwandt, hatte sich ihnen aber angeschlossen, da sie schon jahrelang vom „Goldenen Westen“ träumte. Sie war eine ausgezeichnete Sängerin und hatte gehofft, in Europa Karriere machen zu können. Nun war sie verschollen, als vermisst gemeldet geworden. Keiner wusste, wo sie war. Nur er.

Seine Augen füllten sich mit Tränen. Er liebte die Musik, und die Tatsache, dass er ausgerechnet eine Sängerin getötet hatte, traf ihn mitten ins Herz. Im Stillen verfluchte er seine Frau, die sich ihm schon jahrelang verweigerte und für seinen sexuellen Frust verantwortlich war, die ihre eigene sexuelle Triebbefriedigung leider allzu oft auf abenteuerliche Art und Weise suchte und ihn damit zum Gespött der Nachbarschaft machte. Ihr gab er die Schuld an seiner größten Lebenskrise, die ihn zum Vergewaltiger und Mörder gemacht hatte.

Als er Schritte hörte, stellte er den Ordner wieder in das Regal. Rasch kehrte er an seinen Schreibtisch zurück. Der Chef trat ein und reichte ihm seinen Dienstplan für den nächsten Monat. Ohne ein Wort zu sagen, verließ er ihn wieder. In der Tür blieb er kurz stehen, musterte ihn. Sein Blick traf ihn ins Mark, ließ die Angst tief in seinem Inneren jäh auflodern. Ahnte er etwas, wurde er etwa bereits verdächtigt? Hatte ihn doch jemand gesehen, irgendeine, wenn auch winzig kleine Spur gefunden, trotz aller Sorgfalt? War er erkannt worden im fahlen Licht des Morgengrauens? Gab es andere Zeugen? Schwammerlsucher wie er? Oder Jäger, Waldarbeiter?

Schwer beunruhigt las er den neuen Dienstplan. Seine Befürchtung bestätigte sich. Der Chef hatte ihn wirklich mit Rudolf, seinem Erbfeind, zum Wochenenddienst zusammengespannt. War dies Absicht? Misstraute man ihm bereits? Der Chef wusste doch genau, dass er und Rudolf einander nicht ausstehen konnten, dass Rudolf einer der beiden Kollegen war, die beim Betriebsausflug und wer weiß wann noch immer seine Frau gevögelt hatten. Noch nie in den letzten fünf Jahren waren sie miteinander auf Patrouille gewesen. Warum ausgerechnet jetzt? Hatte er sich zu auffällig benommen, durch unbedachte Gesten und Worte verraten? War er beobachtet worden, als er in dem Dossier der toten Tamara stöberte? Stand er bereits auf der Abschussliste? Würde die Kripo auch ihn verhören? Fragen über Fragen tauchten auf, bohrende Fragen, quälende Fragen. Würde er einem harten Verhör standhalten? Wäre er einer stundenlangen Befragung gewachsen, hatte er die Nerven dazu, diese heil zu überstehen?

Angst schnürte ihm die Kehle zu. Am liebsten wäre er in das Büro des Bezirksinspektors gegangen und hätte ihm wutentbrannt den Dienstplan auf den Schreibtisch geknallt. Doch das konnte er natürlich nicht tun, jetzt erst recht nicht. Er konnte sich auch nicht wieder krank melden, denn das hätte ihn noch verdächtiger erscheinen lassen. Es blieb ihm also nichts übrig, als gute Miene zum bösen Spiel zu machen und in den sauren Apfel zu beißen.

Doch die Fragen wurden immer mehr, zermarterten seinen Kopf bis an die Schmerzgrenze.

Warum, warum, warum? Der Unsicherheitsfaktor waren nicht alleine seine Kollegen, sondern auch die von der anderen Seite. Hatten sie etwas gesehen, irgendwelche verräterische Spuren bemerkt? Die Leiche konnte noch nicht gefunden worden sein, diese Meldung wäre unverzüglich weitergegeben worden. Die Zusammenarbeit mit der tschechischen Grenzpolizei war seit der Wende sehr gut, die Kollegen trafen sich öfters auch bei Betriebsfeiern, Jubiläen und dergleichen mehr. Einmal hatte er sich sogar hinreißen lassen und mit seinem Freund Jiri ein Bordell in Budweis besucht.

- 5 -

Er wusste nicht ein, noch aus. Sollte er es wagen, noch einmal in den Erlensumpf zurückzugehen, nach der Leiche sehen? Welche Gefahr ging er dabei ein? Welche Gefahr war größer? Dass der leblose Körper der jungen Frau durch Zufall entdeckt wurde, oder dass er entdeckt wurde bei seinem Versuch, die Leiche zu beseitigen, sie besser zu verstecken? In dieser unglückseligen Nacht hatte er in Panik den Leichnam nur hastig in das hohe Sumpfgras gezerrt, ihn im Morast nur notdürftig mit herumliegenden Ästen zugedeckt.

Würde der Sumpf so gnädig sein, die Tote in sich hinabziehen und erst wieder in zwei-, dreitausend Jahren freigeben wie die Moorleiche, die er einmal in einem Museum gesehen hatte? Oder würde er die Aufnahme des Fremdkörpers verweigern und ihn im Laufe der Zeit zu Humus zerfallen lassen? Wäre es besser, wenn es regnen würde, oder nicht? Er kannte sich nicht aus mit der Biologie des Sumpfes, mit den Zersetzungsprozessen in Menschenkörpern. Wie schnell geht der menschliche Verfall vor sich? Würden die Faulgase in ihrem Körper diesen nach oben tragen, nicht absinken lassen in die Tiefe des Moores? Er wusste es nicht und er konnte auch niemanden dazu fragen, ohne sich verdächtig zu machen. Er konnte nur hoffen und beten. Doch er war ein Mörder, durfte ein Mörder noch beten? Beten für wen? Für das Opfer, für sich selbst? War sie eine Katholikin oder Mohammedanerin, wie die meisten dort? Fragen über Fragen quälten ihn, schwirrten in seinem Kopf herum wie ein Schwarm heimtückischer Hornissen. Warum war gerade ihm das passiert? Warum? Bisher war er doch immer der

Brave, der Gute gewesen, der sich eher schlagen ließ, als selbst zu schlagen. Selbstmitleid überwältigte ihn.

Er war zwar kein ausgebildeter Kriminalbeamter, doch aus dem Studium einschlägiger Literatur war ihm bekannt, dass unter gewissen Voraussetzungen auch scheinbar harmlose, friedliche Menschen zu Mördern wurden. Besonders dann, wenn irgendwelche unsichtbaren, unvermuteten Hormone verrückt spielten, Irrungen und Wirrungen von Herz und Seele überhand nahmen. Junge Mütter ermordeten ihre Babys, Söhne ihre Väter, Schwiegersöhne ihre Schwiegermütter, ganze Familien wurden ausgerottet, nur weil Vollmond war oder irgendein anderer mysteriöser Aspekt wie ein Dämon in einen ansonst friedliebenden Menschen fuhr. Die Geschichte war voll an Irrläufern der menschlichen Rasse, die mir nichts, dir nichts plötzlich zu Mördern wurden. In einem Buch eines FBI-Profilers hatte er über die Untiefen der Seele gelesen, die ausschlaggebend waren, dass Schüler mit der Pumpgun wahllos im Schulhof mordeten, Geiselnehmer wahre Blutbäder unter ihren Opfern anrichteten. Auch er hatte getötet, ohne es zu wollen. War auch in jener Nacht Vollmond gewesen? War er verrückt, paranoid, schizophren? Konnte es wieder passieren, dass er die Beherrschung verlor, einen unschuldigen Menschen tötete? Welche Beweggründe würde ein Psychiater bei ihm finden? Er war doch normal, oder nicht? Was hieß es überhaupt, normal zu sein? War jeder anders normal?

Obwohl er genau wusste, dass die Rückkehr in die so genannte Normalität sein allergrößter Schutz war, fiel ihm diese außerordentlich schwer. Konnte ein Mörder denn überhaupt normal leben, arbeiten, schlafen, unauffällig bleiben? Er war doch kein abgestumpfter Barbar, der Lust am Töten verspürte, dem das Leben eines Mitmenschen egal war. Kein Vampir, kein Blutsauger, kein Perversling, der sich am Leid seiner Opfer freute.

Eigentlich war die junge Frau selbst schuld an ihrem Schicksal!

Warum war sie stumm geblieben, als er sie angefasst und zu Boden geworfen hatte? Warum hatte sie nicht geschrien, sich nicht mehr gewehrt, als er sie vergewaltigte? Warum, warum, warum? Warum hatte sie ihn, den Täter, nun zum Opfer gemacht? Dass er nicht mehr schlafen konnte, nervös und fahrig war, unleidig, stets den Tränen nahe. Dass er zum wiederholten Male daran dachte, dieses Leben der Ungewissheit zu beenden. Der Griff zur Dienstwaffe wäre einfach gewesen, das Abdrücken ein Kinderspiel!

Seine Frau hatte ihn öffentlich als Schwächling gebrandmarkt, als Hahnrei, als Impotenzler, als Muttersöhnchen. Sie hatte ihn schuldig gemacht, mit ihrem Hohn, ihren Spottattacken seinen Weg zum eigenen Ich versperrt. Hatte ihm sein bisschen Selbstwertgefühl genommen, seine Aggressionen geschürt, ihn in eine Neurose getrieben. Nun hasste er sich selbst, wurde er von seinem Schuldgefühl bei lebendigem Leibe zerfressen. Doch es nützte alles nichts, er musste weiterleben, seiner Mutter wegen. Nur für seine Mutter lohnte es sich, weiterzumachen, als ob nichts geschehen wäre und die Schuld zu ertragen.

Mit Schaudern sah er dem Samstag entgehen, seinem Dienst an der grünen Grenze mit Rudolf, dem Finsterling. Kurz vor Dienstbeginn stand dieser mit dem Dienstwagen vor seinem Haus und hupte. Das war seltsam. Noch nie war er abgeholt worden, warum ausgerechnet heute? Was bezweckte Rudolf damit? Sie waren doch keine Freunde, oder war er in der Hoffnung gekommen, einen Blick seiner untreuen Gattin zu erhaschen? Handelte er gar im Auftrag des Chefs, ihn zu prüfen, zu testen, zu verunsichern? Sollte er in die Enge getrieben werden? Galt er schon als Hauptverdächtigter, hatte man gegen ihn etwas in der Hand, von dem er nichts wusste? Oder sah er Gespenster, obwohl es vielleicht nur Zufall war?

War ihm der Name Mörder bereits auf die Stirn geschrieben?

Mit wackligen Knien ging er hinaus und begrüßte kurz angebunden den ungeliebten Kollegen.

„Ich hab mir gedacht, du bist vielleicht noch immer nicht ganz auf dem Damm und ich erspar dir den Weg zum Revier", dröhnte es ihm entgegen. „Komm steig ein, wir fahren los!" Misstrauisch schweigend stieg er ein. Sie fuhren zur Grenze, die nun kaum mehr zu erkennen war, ohne Stacheldraht, frisch gepflügtes Minenfeld, Wachtürme und nächtliche Schüsse. An der sich vieles verändert hatte seit dem Zusammenbruch des Kommunismus. Damals hörte man des Öfteren Schüsse, einmal sogar hatten die Tschechen einen Flüchtling in den Rücken geschossen, obwohl er schon auf österreichischem Staatsgebiet war.

Der Flüchtlingsstrom war seit dem Abriss des Stacheldrahtverhaus immer mehr angestiegen. Nun kamen sie über die grüne Grenze, und die Flüchtenden stammten nicht nur aus den angrenzenden Ostblockländern, sondern vermehrt aus Georgien, Tschetschenien, Iran, Irak und Afghanistan, ja, sogar Vietnamesen, Mongolen und Kubaner wurden aufgegriffen. Hin und wieder kam es vor, dass sie ein Auto stahlen und so weit fuhren, wie der Sprit reichte. Die größeren Gruppen ließen sich widerstandslos gefangen nehmen, froh darüber, dass ihre Flucht ein Ende nahm. Sie waren endlich im „Goldenen Westen", von dem sie jahrelang geträumt und den sie mangels besseren Wissens mit dem Schlaraffenland verwechselt hatten.

Beredtes Schweigen stand zwischen ihnen. Ab und zu machten sie halt, suchten mit ihren Ferngläsern den Wald ab. Nichts Auffälliges war zu sehen. Als sie an dem überhängenden Felsen, dem Ort seiner Untat, vorbei kamen, spürte er ein flaues Gefühl in seinem Bauch. Was würde geschehen, würde überhaupt etwas geschehen? Würde Rudolf auf die Stelle hinweisen, wo er die Tschetschenen aufgegriffen hatte, irgendeine Bemerkung machen? Doch es geschah nichts. Sie fuhren weiter, eine leichte Anhöhe hinauf. Dort stand die alte Zöllnerhütte, eine einfache Bretterbude mit Fenstern und einem festen Dach, aus dem augenfällig das Rauchabzugsrohr herauslugte. Eigentlich waren es zwei, im Abstand von zehn Meter. Eine österreichische, eine tschechische. Als sie die tschechischen Kollegen bei der Hütte sahen, blieben sie stehen. Stiegen aus, begrüßten die Kollegen mit Handschlag. Jiri und Marek waren alte Bekannte. Rudolf bot ihnen eine Marlboro an, die dankend angenommen wurde. Sie sprachen über die Fußballmeisterschaft und die beginnende Herbstsaison. Über das aktuelle Tagesgeschehen, über die schwere Krankheit von Jiris Frau Liduschka, die an einem heimtückischen Krebs dahin siechte.

„Habt ihr die Frauenleiche schon gefunden, die von der jungen Tschetschenin?", kam gänzlich unvermittelt Rudolfs Frage. Die beiden tschechischen Grenzpolizisten verneinten.

„Seltsam", lautete Rudolfs Kommentar, „die kann doch nicht so mir nichts, dir nichts, verschwunden sein!"

„Vielleicht liegt sie im Sumpf, der trägt nicht", meinte Marek, der Ältere der beiden in gutem Deutsch. „Dort haben wir nicht geguckt!"

„Warum auch", fügte Jiri hinzu, „ist doch Tschetschenin!"

Er war gespannt wie eine Feder, konnte es nicht riskieren, sich am Gespräch nicht zu beteiligen. Musste das Gespräch in die richtige Richtung lenken.

„Wer sagt uns denn, dass sie überhaupt tot ist. Dafür gibt es keinerlei Beweise. Vielleicht hat sie sich verirrt im Wald, vielleicht ist sie anderswo über die Grenze gegangen und längst in Sicherheit. Vielleicht hält sie sich irgendwo versteckt? Am Ende ist sie gar wieder zurück ins Land marschiert, nachdem sie ihre Fluchtgefährten nicht mehr fand, zu der Schlepperbande zurück, um irgendwann einen neuen Versuch zu wagen? Wenn sie wirklich im Sumpf liegt, dann ist sie schon längst hinab gezogen worden. Noch dazu, wo es seit drei Tage stark regnet. Was der Sumpf einmal in seinen Klauen hat, gibt er nicht mehr her!"

Rudolf sah ihn merkwürdig von der Seite her an. „Ich habe gar nicht gewusst dass du auch Sumpfexperte bist, ich dachte, du kennst dich nur bei den Schwammerln aus?"

Das war zu viel für ihn. Er fuhr den Kollegen an. „Scheiß auf den Sumpf, scheiß auf die Schwammerln, fahren wir wieder zurück!"

Rudolf grinste ihn höhnisch an. „Mir scheint, du bist in letzter Zeit etwas nervös, hat dich deine Alte wieder nicht ran gelassen!"

Jiri und Marek lachten. „Probleme mit Frau?", wollte Jiri von ihm wissen. „Du mit mir wieder nach Budweis fahren!"

„Warst leicht auch schon einmal mit'm Jiri im Puff in Budweis?" Rudolf hieb ihm mit seiner schweren Pranke auf die Schulter, dass er vor Schmerz aufschrie. „Brauchst dir nichts drauszumachen, wir warn doch alle schon einmal mit dem Jiri in Budweis, stimmts Jiri?"

Jiri lachte verlegen. Marek wusste nichts von diesen gelegentlichen Ausflügen ins Puff, das Gespräch war ihm peinlich und noch peinlicher war ihm die Tatsache, dass er sich verraten hatte.

„Wir weiter", stellte er fest und beendete damit die grenzüberschreitende Konversation. „Na skledano, Kameraden!"

Sie stiegen wieder in ihre Dienstautos und fuhren ab. Das Gespräch über die Frauenleiche hatte ihm den Rest gegeben. Schweigsam saß er im Auto, blickte stur nach vorne. Gedankenversunken hatte er die Augen geschlossen. Plötzlich hielt Rudolf an. Erschrocken fuhr er auf. Sie standen genau vor dem Felsen. Warum?

Spöttisch fuhr ihn Rudolf an. „Brauchst keine Angst haben, ich muss nur pipi!"

War das Zufall, oder ein Wink mit dem Zaunpfahl? Rudolf war als Zyniker bekannt, war er bewusst hier, ausgerechnet hier, stehen geblieben? Neue Fragen tauchten auf, quälten ihn. Verdächtigte ihn Rudolf bereits, schwebte das Menetekel der Verhaftung schon über ihm? Mit bangem Herzen sah er zu, wie Rudolf seinen Hosenstall aufknöpfte und aufblickte. Sah er in Richtung Sumpf oder täuschte er sich? War es seine Angst, die ihm alle möglichen Schreckensbilder vorgaukelte oder war tatsächlich etwas gegen ihn im Gange? Gab es eine Verschwörungstheorie seiner Kollegen, die sich gegen ihn als Hauptverdächtigen richtete? Rudolf kam zurück, wies mit der Rechten auf den Waldrand hin.

„Dort haben wir damals vor fünf Wochen die zwölf Tschetschenen aufgegriffen. Da, genau da, sind sie aus dem Wald heraus geschlichen. Sie waren, so glaube ich, eigentlich froh darüber, dass wir sie quasi abgeholt haben. Interessant ist nur, wohin diese ominöse dreizehnte Person verschwand. Vielleicht ist sie einem wilden Tier zum Opfer gefallen! Schließlich und endlich ist doch die Dreizehn eine Unglückszahl!“ Er lachte hämisch, wusste genau, dass es hier keine wilden Tiere gab.

„So weit ich mich erinnern kann, war das genau an dem Tag, an dem du angeblich krank warst!“ Rudolf schleuderte ihm die Worte spöttisch, ja fast genussvoll lächelnd ins Gesicht.

Er zuckte zusammen, wurde gegen seinen Willen automatisch aggressiv.

„Und was geht dich das an“, fragte er lautstark, „warst du noch nie im Krankenstand?“

Er wandte sich um, ging nun seinerseits zu dem Felsblock hin und pinkelte. Nicht unbedingt, da er gerade musste, sondern eher um einer weiteren Diskussion aus dem Weg zu gehen. Aus den Augenwinkeln sah er, wie Rudolf in Richtung Sumpfwiese ging. Ihm stockte der Atem, sein Puls begann zu rasen. Ungefähr sechzig Meter vor dem Erlengestrüpp, wo die Leiche der jungen Frau lag, blieb Rudolf stehen und spähte minutenlang in den Morast hinein. Abrupt drehte er sich um, kehrte zum Dienstwagen zurück.

„Wenn ich der Mörder wäre, dann hätte ich sie in diesen Sumpf hinein gezerrt. Das Wollgras ist dort so hoch, dass man sie nicht sehen kann. Im Laufe der Zeit würde der Sumpf den Leichnam aufsaugen und mit Morast bedecken. Man sollte dort die Hunde suchen lassen, die würden sicher was finden! Was meinst du dazu?“

Nur mühsam brachte der Mörder die Worte hervor. „Noch wissen wir ja gar nicht, ob die Frau überhaupt tot ist, vielleicht ist sie bei einem Bekannten untergetaucht. Die Tschetschenen in Österreich kennen sich doch alle untereinander, vielleicht hat herüben ein Fluchthelfer auf die Gruppe gewartet, anderswo, auf einem anderen Platz. Es könnte doch sein, dass sich die Gruppe verirrt hat, im dunklen Wald die Orientierung verlor, zur falschen Zeit am falschen Platz war!"

Rudolf musterte ihn eindringlich. „Warum bist denn so rot im Gesicht, hat dich das Pischen so angestrengt, hast am Ende vielleicht Probleme mit der Prostata? Ich hab geglaubt, du bist nur impotent, wennst jetzt Pischen auch nicht mehr kannst, dann musst du unbedingt zu einen Urologen!"

Ohne auf eine Antwort zu warten, startete er den Dienstwagen. Schweigend fuhren sie auf dem Grenzweg weiter. Gedankenschwer lehnte er sich zurück. Da war es wieder, das Gespenst, das ihn seit jenem unglückseligen Morgen verfolgte. All sein Geld, all seinen Besitz hätte er gegeben, um die Tat ungeschehen zu machen. Albträume quälten ihn, immer wieder sah er die schwarzen Augen der jungen Frau vor sich. Er fühlte instinktiv die Blicke seines Kollegen auf sich ruhen. Er beobachtet mich, so dachte er, will mich verunsichern. In die Enge treiben, herausfordern. Wartet gierig darauf, dass ich mich zu unüberlegten Worten und Handlungen hinreißen lasse, will mich provozieren. Der Chef verdächtigt mich und hat Rudolf als Bluthund auf mich angesetzt. Nun erkannte er, dass es ein Fehler gewesen war, damals nicht länger im Krankenstand geblieben zu sein. Doch die panische Hektik, der große Druck, dem er nach der Tat ausgesetzt war, hatte ihn veranlasst, so schnell wie möglich den Dienst wieder anzutreten. Damit hatte er sich aber erst recht verdächtig gemacht. Jeder seiner Kollegen wäre mit einer Bauchgrippe zum Arzt gegangen, hätte sich eine Woche krankschreiben lassen. Jetzt war es zu spät. Jetzt konnte er nur hoffen, dass die Leiche nicht gefunden wurde. Fünf Wochen waren seither vergangen, fünf endlos lange Wochen. Vollgepackt mit Schuldgefühlen, der Angst vor der Entlarvung, mit schlaflosen Nächten und Tagen voll Selbstzweifel und Selbsthass.

Er war kein Kriminalist, schon gar kein Pathologe. Wie reagiert eine Leiche im Moor? Wie schnell zersetzen die aggressiven Säuren das Fleisch? Konnte man nach so langer Zeit noch Fingerabdrücke finden, Sperma feststellen? War die Leiche schon verwest, von nagenden Tieren unkenntlich gemacht worden? Irgendwo hatte er gelesen, dass das Moor Leichen konserviert, war dies bei diesem Hochmoor auch der Fall?

Solche und ähnliche Fragen beschäftigten ihn Tag und Nacht. Doch er durfte sich nichts anmerken lassen.

Rudolf ließ nicht locker. „Warum bist denn so schweigsam, ist dir dass zuwider, dass du mit mir Dienst machen musst? Oder machst dir gar Gedanken wegen der blöden Tschetschenin?"

Er fuhr zusammen, ging in die Offensive.

„Lass mich doch endlich in Ruh mit dieser blöden Illegalen, die sitzt doch irgendwo schon bei einem Freund in Wien am Mexikoplatz und verkauft falsche Rolex mit Echtheitszertifikat. Das haben wir doch schon hundertmal erlebt, oder nicht. Oder sie legt sich in einem Bordell für ihre Kunden flach!"

Rudolf grinste voller Schadenfreude, weil ihm der Kollege auf den Leim gegangen war. Nun machte er sich so seine Gedanken. Der Kerl hat doch irgendwas am Kerbholz, grübelte er vor sich hin. Der ist nervös, überempfindlich, reagierte panikartig, als wir bei dem Felsblock standen. Geht auf wie ein Germteig, wenn ich etwas von der vermissten Tschetschenin sage. Warum wohl? War er damals im Wald, als wir die Flüchtlingsgruppe aufstöberten? Hat er sie gesehen, aufgespürt? Hält er sie versteckt, als seine Geliebte vielleicht? Er war an dem Tag krank gemeldet, war er zu Hause, oder hier im Wald? Seit einem guten Jahr hielt sich hartnäckig das

Gerücht, dass einer der Grenzbeamten mit den Schleppern kooperieren würde. Sie mit den Einsatzplänen versorgte, den Wegskizzen der Kontrollfahrten. Die Trefferquote an den anderen Grenzdienststellen war wesentlich höher. In den Dienstbesprechungen hatte ihr Chef diesen Umstand immer wieder heftig kritisiert, mehr Aufmerksamkeit und genauere Kontrollen gefordert. Zwei neue Wärmebildkameras waren angefordert worden und auch die Hundestaffel wurde vermehrt eingesetzt. Trotzdem waren die Anhaltungen nicht mehr geworden. Misstrauen machte sich unter den Kollegen breit, man bespitzelte sich gegenseitig. Aus diesem Grund wurden auch die Teams ständig neu formiert, damit es zu keiner Cliquenbildung kommen konnte. Keiner erfuhr im Vorhinein, wer sein nächster Partner beim Kontrollgang sein würde. Dies war das beste Mittel, um den Maulwurf auszugrenzen und zu stellen. Es war nur mehr eine Frage der Zeit, bis er im Netz zappeln würde.

Die Meldung um die vermisste Tschetschenin hatte den Kommandanten schwer beunruhigt. Kurz vor seiner Pension wollte er sich keinen Schnitzer mehr leisten. Für ihn hatte die Auffindung der jungen Frau, tot oder lebendig, allerhöchste Priorität. Und natürlich auch die Entlarvung des Maulwurfs in den eigenen Reihen, welcher wahrscheinlich für viel Geld den berufsmäßigen Schleppern Dienste und Informationen anbot. Er träumte davon, beide Fliegen mit einem Schlag zu treffen. Diesem Kerl musste ein für allemal das Handwerk gelegt und die Vermisste gefunden werden. Wobei ihm natürlich klar war, dass er Tamara in seinem Rayon nur finden würde, wenn sie tatsächlich tot war. Und er war sich beinahe hundertprozentig sicher, dass sie tot war!

Deshalb ordnete er eine umfangreiche Grenzkontrolle an. Alle Grenzpolizisten, also auch jene, die an diesem Tag eigentlich dienstfrei hätten, wurden eingesetzt. Zwei Tage lang wurde am Grenzübergang mit doppelter Besetzung kontrolliert, wurden alle Autos durchsucht, alle Personalien festgehalten. Die Aktion war von den beiden zuständigen Kommandanten hüben und drüben unter strengster Geheimhaltung abgestimmt und erst im letztmöglichen Augenblick verlautbart worden. Aktion „Scharf" war angesagt. So wurden auch die Patrouillen beiderseits der Grenzlinie verdoppelt.

Mit mulmigem Gefühl im Magen trat er den Dienst an. Wie er es erwartet hatte, war er wiederum der Gruppe mit Rudolf zugeteilt. Er fühlte sich auf Schritt und Tritt beobachtet, seine Unsicherheit wuchs ins Unermessliche. Wie früher, als er noch ein Kind war, begann er wieder zu stottern. Rudolf wich ihm nicht von der Seite, ließ ihn keine Sekunde aus den Augen. Dem Anschein nach war der nun sein Aufseher! Insgeheim dachte er, das ist der Idealjob für Rudolf. Wenn der als Justizwachebeamter in einem Gefängnis Dienst schieben würde, dann könnte er endlich seine sadistischen Neigungen auf legale Art und Weise ausleben.

Sein Herz raste. Man beobachtete ihn bereits. Immer wenn Kollegen beisammen standen, fühlte er ihre Blicke auf sich gerichtet. Sie tuschelten über ihn, oder bildete er sich das nur ein? Litt er schon an Verfolgungswahn, sah er schon Gespenster, wo es keine gab? Er gab sich einen Ruck, ballte die Faust. Kampflos gab er nicht auf. Zuerst mussten sie einmal die Leiche finden, nach Spuren, nach Indizien suchen, denn ohne Leiche gab es auch keinen Mord. Dies würde schwierig genug sein nach sechs Wochen im Sumpf. Außerdem gab es keine Spuren, er hatte keine hinterlassen. Oder doch? War er vorsichtig genug gewesen?

Er quälte sein Gehirn. Was sprach für ihn als Täter? Gewiss, er war diesen Tag im Krankenstand gewesen, aber ist jeder, der im Krankenstand ist, auch krank? Würde seine Mutter in ihrem Zustand sich daran erinnern können, dass er um vier Uhr früh sein Fahrrad aus der Garage geholt hatte und damit weggefahren war? Wie würde sich seine Frau bei einer Einvernahme verhalten? Auch sie hatte ihn an diesem unglückseligen Morgen gehört. Fragen, angstvolle Fragen taten sich ihm auf. Warum war er damals ausgerastet, im düsteren Morgengrau, im nassen Gras? War er sexuell abartig? Hatte irgendeine abstruse Hormonsteuerung eine geistige Blockade bewirkt, sein Hirn urplötzlich außer Betrieb gesetzt? Wäre es nicht passiert, wenn er mit seiner Frau ein wenigstens halbwegs intaktes Sexualleben geführt hätte? War er schuld, war sie schuld? Wer war schuld? Die Umstände seines verkorksten Familienlebens? Eine an Kälte tief gefrorene Ehe?

Rudolf spürte seine gedankliche Abwesenheit, bremste, ließ den Dienstwagen auf dem Waldweg ausrollen.

„Träumst du am helllichten Tag?"

Er öffnete rasch die Augen, blinzelte in die tief stehende Morgensonne, ärgerte sich über sich selbst, da er sich von seinen Ängsten übermannen ließ, sprang rasch aus dem Auto, blickte sich um, erbleichte. Sie standen wieder vor dem Felsen, unmittelbar am Schauplatz des grässlichen Geschehens. War es Zufall oder ein weiterer geplanter Schritt, ihn psychisch fertig zu machen? Warum führte ihn Rudolf immer wieder hierher? War das eine Art psychologischer Marterpfahl?

Rudolf war ebenfalls ausgestiegen. Zündete sich eine Zigarette an, suchte mit dem Fernglas den Waldrand ab. Näherte sich ihm, der noch immer mit zittrigen Knien neben dem Felsen stand, genau dort, wo er Tamara getötet hatte. Hockte sich nieder, fuhr mit der Rechten durch das hohe Gras, gerade so, als ob er hoffte, einen Knopf, einen Stofffetzen, ein Irgendetwas zu finden. Doch er fand nichts.

Der Mörder ging in die Offensive.

„Glaubst, dass da Schwammerl wachsen?", wollte er scherzhaft von seinem Kollegen wissen.

„Da wachsen doch welche, oder nicht? Kommst du nicht oft hierher, um Pilze zu finden? Warst du an jenem Morgen ebenfalls hier? Hast du da was gefunden? Pilze natürlich, sonst gibt es hier nichts anderes zu finden, oder?“

Diese Sticheleien, bösartig schartig ausgesprochen, konnten kein Zufall sein! Rudolf wusste es, alle wussten es, es war nur mehr eine Frage der Zeit, bis sie ihn verhaften würden! Man würde ihn weich kochen, zermürben, fertig machen, bis er zusammenbrach und sich selbst stellte!

Eilig marschierte er auf dem Waldweg entlang der Grenze weiter, seinem verhassten Kollegen den Rücken zuwendend. Ein kräftiges „Halt!“ stoppte ihn. Er erstarrte zur Salzsäule. Was würde passieren, wenn er sich umdrehte? Würde er in Rudolfs gezogene Waffe blicken? Er wusste, dass es kein Entrinnen gab, drehte sich langsam um, die Augen schreckgeweitet. Allein, da war keine Waffe im Anschlag, nur das höhnisch grinsende Antlitz seines Kollegen.

„Was bist denn so nervös, du zitterst ja wie ein warmer Vanillepudding, ist dir net gut?“

„Nein, nein, komm, gehen wir weiter!“

Jetzt wurde Rudolf böse. „Wir durchsuchen jetzt den Sumpf, so gut wir können, komm mit! Ich denk, ein bisschen Bewegung in frischer Luft könnte dir bei deinem Zustand nicht schaden!“

Es blieb ihm nichts anderes übrig, er musste das teuflische Spiel wohl oder übel mitmachen. Nun aber ergriff er die Initiative. Den Kollegen irreführend, ging er am westlichen Rand in die sumpfige Waldwiese, fünfzig, sechzig Meter weit weg von dem Schwarzerlengestrüpp, dort, wo die Leiche lag. Rudolf stapfte hinter ihm nach. Bei jedem Schritt sanken sie ein in den nassen Schwamm. Hier war er seinem Kollegen überlegen, denn er kannte das Terrain, die Stellen, wo man am tiefsten beim Gehen einsank. Genau dorthin lenkte er seine Schritte in der Hoffnung, dass es Rudolf irgendwann einmal zu mühevoll wurde. Auf einer Halt bietenden Grasinsel blieb er stehen. Drehte sich zu seinem Partner um.

„Da wird es immer sumpfiger, ohne hohe Stiefel haben wir hier keine Chance. Es ist besser, wenn wir umdrehen und ein andermal wieder herkommen", rief er Rudolf zu.

Dieser wollte nicht so schnell aufgeben. Blieb seinerseits nun auf einer festen Grasinsel stehen, setzte sein Fernglas an die Augen. Zentimeter für Zentimeter suchte er den Sumpf ab. Angespannt bis zum Äußersten verfolgte der andere seine Blicke. Er konnte nichts erkennen, dazu war das Licht noch zu schwach, außerdem sah er lange nicht mehr so gut, als er sehen wollte. Auch hatte er kein Fernglas mit, es gab nur eines im Dienstwagen. Plötzlich hielt Rudolf inne, reichte ihm das Fernglas.

„Schau einmal dorthin unter das Erlengestrüpp, schimmert dort nicht was Blaues heraus?"

Hastig griff er nach dem Glas. Blickte intensiv in das Erlengestrüpp, bemüht, sein Herzrasen unter Kontrolle zu bringen. Langsam, so unauffällig als möglich, atmete er kräftig durch. Spürte die Augen des misstrauischen Kollegen auf seinem Rücken. Als er seine Nerven wieder einigermaßen im Griff hatte, drehte er sich um.

„Tut mir leid, ich kann nichts erkennen, außer den Tautropfen, die da bläulich am Gras schimmern!"

Sicherheitshalber behielt er das Fernglas, ging langsam weiter durch den Sumpf, dem rettenden Waldrand zu, wollte weg von der schaurigen Stätte. Hinter sich hörte er Rudolf murmeln. Er ging weiter, erreichte den Waldrand, schlug den Weg zurück ein. Fünf, sechs bange Minuten verstrichen, ehe er das knackende Geräusch hinter sich vernahm. Rudolf kam ihm nach. Erst als sie wieder beim Auto waren, gab er ihm das Fernglas zurück.

„Bei diesem flachen Morgenlicht ist der Anteil der blauen Strahlen sehr hoch, ebenso wie in der Abenddämmerung der Rotlichtanteil höher ist", dozierte er belehrend, „ich kenne das vom Fotografieren. Das Sumpfgras ist von blaugrüner Farbe, das täuscht manchmal!"

Rudolf brummte. „Ohne Hunde haben wir dort sowieso keine Chance! Ich werde dem Chef sagen, er soll die Hundestaffel hinschicken!"

Nach dem Einsatz gab es eine Lagebesprechung. Nichts Wesentliches war gefunden worden, von der Leiche keine Spur. Vier Stangen geschmuggelter Zigaretten in einer verfallenen Bienenhütte, einige wertlose Kleidungsstücke, sonst nur der übliche Müll. Rudolfs Vorschlag, den Sumpf von den Hunden durchsuchen zu lassen, fand allgemeine Zustimmung. Auch die tschechischen Kollegen hatten nichts gefunden. Das hatte ohnehin keiner ihrer österreichischen Kollegen erwartet, wusste man doch genau, dass sie über jeden Flüchtling, den sie los wurden, froh waren und die Grenze bewusst sehr durchlässig hielten. Von ihnen war eher keine Hilfe zu erwarten, schon gar nicht bei einer tschetschenischen Illegalen.

- 6 -

Zuhause angelangt, galt sein allererster Gedanke seiner Mutter. Sie erwartete ihn aufrecht im Bett sitzend, hatte gerade einen ihrer wenigen klaren Momente. Erkundigte sich nach seinem Dienst, wollte wissen, ob es in letzter Zeit irgendwelche interessanten Vorfälle gegeben hatte. Sofort wurde er misstrauisch, meldete sich augenblicklich sein schlechtes Gewissen Sie hatte sich doch bisher nie sonderlich für seine Polizeiarbeit interessiert, warum jetzt plötzlich diese Frage?

Vorsichtig berichtete er von der üblichen Routine bei den Kontrollgängen entlang der Grenze. Dass der Flüchtlingsstrom seit dem EU-Beitritt Tschechiens etwas nachgelassen hatte, da die Kollegen auf der anderen Seite der Grenze nun die Kontrollen doch etwas genauer nahmen. Auch davon, dass man sich nun vermehrt auf die Schlepperbanden konzentriere, von dem Bestreben, die großen Drahtzieher im Hintergrund zu finden. Natürlich auch auf den Maulwurf in den eigenen Reihen, der die Schlepper mit den notwendigen Informationen versorge.

Sie wollte mehr wissen. Interessierte sich plötzlich für die Illegalen, die gefasst wurden, wie alt sie waren, woher sie kamen, ob Frauen und Kinder dabei waren. Er gab ihr bereitwillig Auskunft, dezidiert genau, mit immer leiser werdender Stimme, bis seine Mutter wieder einschlief.

Langsam ging er aus dem Zimmer, hinaus in den Garten. Die Strahlen der Morgensonne wärmten seinen Rücken. Er ließ sich auf der Bank unter dem alten Nussbaum nieder, der wirklich nur in den guten, warmen Jahren Nüsse hervorbrachte, und grübelte.

Die Hunde waren ein ernsthaftes Problem, er musste die Leiche verschwinden lassen. Fieberhaft zermarterte er sich sein Gehirn, wie er das bewerkstelligen konnte. Der Gedanke war unerträglich. Die Vorstellung, den verwesten Frauenkörper aus dem Sumpf zu ziehen, trieb ihm kalten Schweiß auf die Stirn. Doch es musste sein, am besten noch heute Nacht.

Als seine Frau zum Einkauf in die Stadt fuhr, machte er sich an die Arbeit. Kramte seine Gummistiefel hervor, zwei Müllsäcke, einen Strick, ein paar feste Hanfschnüre. Lud alles in den Kofferraum seines Geländewagens, in die große Alubox. Zu seiner Überlebensausrüstung, wie er sie scherzhaft nannte. Ein alter Klappspaten der russischen Armee mit Säge und Beil, ein Handscheinwerfer mit starker Batterie, eine Alufolie, eine filzumwickelte Feldflasche, sein Pfadfindermesser aus Kinderzeiten, ein grüner Regenponcho, eine Sturmhaube, die er über das Gesicht ziehen konnte und die nur einen schmalen Sehschlitz freigab. Dieser erste Teil seines Aktionsplans war einfach, ungefährlich.

Der Nachmittag wollte und wollte nicht vergehen. Ungeduldig rannte er im Haus hin und her, überprüfte immer wieder seine Ausrüstung, seinen Geländewagen. Damit alles da war, am richtigen Platz, zur richtigen Zeit. Adrenalinschübe tobten wirbelsturmartig durch seinen Körper, ließen ihn nicht zur Ruhe kommen. Seine Nerven waren unerträglich angespannt, seine Muskeln verkrampft, seine Augen ständig zum Himmel gerichtet. Wenn es doch regnen würde! Dann wäre die Sache wahrscheinlich einfacher, da es dunkler wäre, die Kontrolle seiner Kollegen oberflächlicher.

Die diensthabenden Kollegen waren zwei alte Hasen, die die Bequemlichkeit liebten, abgestumpft in jahrzehntelanger Routine und würden sich bestimmt kein Bein ausreißen. Er kannte ihre Eigenheiten, ihre Wege, ihre Pausen, die mit der Zeit immer länger wurden.

Diese Nacht war seine letzte Chance. Noch war die Hundestaffel nicht im Einsatz. Es musste heute sein, unbedingt heute. Egal, ob es regnete oder nicht.

Er brachte seiner Mutter das Abendessen ans Bett, sprach ein paar Wörter mit ihr, in der Hoffnung, dass sie ihn nicht hören und keine Fragen stellen würde. Dann zog er sich zurück. Stopfte feste Arbeitshandschuhe in die Taschen seiner Nato-Jacke, sein Schweizermesser, schob das Etui mit dem Leatherman auf den Hosengürtel.

Der Abend kam. Es war Dienstag und somit war Damenkegeln angesagt. Er hörte, wie seine Frau die Stufen hinunter eilte, wie immer zu spät. Hinter dem Vorhang stehend, sah er, wie sie bei ihrer Freundin Marianne ins Auto stieg. Auch so eine, dachte er, die es mit anderen Männern hielt. Die mit seiner Frau nicht immer kegeln fuhr, wenn der allwöchentliche Kegelabend mit den acht anderen angesagt war. Sondern in das Tanzcafé der Bezirksstadt, dort, wo junge, hantelbankgestählte Goldkettchenträger kaugummikauend an der Bar saßen mit ihren schwarzen, eng anliegenden Lederhosen und darauf warteten, von reifen, unterleibsrabiaten Frauen zum Tanz und noch mehr aufgefordert zu werden. Er wusste es, jeder wusste es. Doch es war ihm egal. Nein, so gestand er sich ehrlicherweise, es war ihm nicht egal. Tat nur so nach außen hin. Aber innerlich sah es anders aus. Besitzstanddenken machte sich breit, sie war seine Frau, sie gehörte ihm, war ihm angetraut worden. Sie hatten einander Treue geschworen am Altar, damals, vor vielen Jahren, als alles noch eitel Liebe und Waschtrog war. Er konnte sich nicht mehr daran erinnern, wann es begann, als sie die Tür hinter sich schloss und ihre eigenen Wege ging. Quälende Eifersucht nagte in ihm, wenn sie abends auf ihre Streifzüge ging. Zum Kegelabend. Zum Frauenturnen der Volkshochschule. Zu irgendwelchen Damenkränzchen. Doch die waren allesamt bis spätestens dreiundzwanzig Uhr zu Ende, was machte sie in der restlichen Zeit?

Sie kam doch meist nie vor ein, zwei Uhr heim. Wo war sie dann? Bei wem? In seinen dienstfreien Nächten lag er hellwach im Bett, jedes Geräusch wahrnehmend. Achtete auf Motorengeräusche, wenn einer ihrer Liebhaber sie heimbrachte, auf das Aufsperren der Haustüre, auf ihre Schritte die Treppe hinauf. Er hörte sie duschen, warum, so fragte er sich, musste sie duschen nach einem Frauenabend? Was wusch sie von sich ab? Ihr war es egal, was er von ihr dachte. Sie provozierte ihn ganz bewusst, gab sich nicht einmal den Anschein, leise und vorsichtig in ihre Wohnung hinauf zugehen. Sie wollte, dass er sie hörte, dass er sah, wenn sie sich von einem jungen Mann küssend neben seinem Auto verabschiedete. Er war sich sicher, dass sie ihn oft genug hinter dem Vorhang stehen sah. Sie verhöhnte ihn bewusst, machte ihm unmissverständlich klar, dass sie jede Menge Liebhaber hatte, auf seine Barmherzigkeit im Ehebett nicht angewiesen war. Im Laufe der letzten zwei Jahre wurden die Männer immer mehr und vor allem immer jünger. Irgendwann einmal hatte er mit dem Zählen aufgehört. Am meisten jedoch störte ihn, dass ab und zu die Streife der Verkehrspolizei aufreizend langsam bei seinem Haus vorbei fuhr und genau registrierte, dass seine Frau bei anderen Männern im Auto saß. Es war direkt signifikant, wie sie bewusst ihren eigenen Ruf schädigte, nur um ihn zu blamieren. Ihr war es egal, was man von ihr dachte. In der kleinen Stadt konnte so etwas natürlich nicht verborgen bleiben. Die Leute tuschelten über sie. Der Umstand, dass der betrogene Gatte ausgerechnet Polizist war, steigerte die Schadenfreude.

Leise öffnete er das allerletztemal in dieser Nacht die Tür zum Zimmer seiner Mutter. Sie schlief mit offenem Mund. Wie ein Dieb in der Nacht schlich er aus seinem eigenen Haus. Öffnete leise das Garagentor, ließ den Geländewagen geräuschlos aus der abschüssigen Garage rollen. Blieb stehen, stieg aus, schloss das Tor. Warf noch rasch einen Blick in den Kofferraum, ob er auch nichts vergessen hatte. Es war alles da. Stieg ein, atmete tief durch und rollte ohne Gang die Straße hinunter. Knapp vor der Kreuzung legte er den zweiten Gang ein und ließ den Wagen anlaufen.

Es musste sein, jetzt. Diese Nacht war seine allerletzte Chance. Der Gedanke an die wahrscheinlich schon lang verweste Leiche ließ ihn erschauern. Würde er dem Anblick gewachsen sein? Würde er es schaffen, die kümmerlichen Überreste der jungen Frau aus dem Sumpf zu ziehen? Wie kümmerlich würden diese Überreste sein? Würden Augen, Nase, das Gesicht eben, noch erkennbar sein? Würden Würmer, Maden und ähnliches abscheuliches Getier sich des toten Fleisches bemächtigt haben? Schon der Gedanke daran verursachte einen plötzlichen Brechreiz.

Da er nicht sicher sein konnte, dass ihn einer der neugierigen Nachbarn beim Wegfahren gesehen hatte, fuhr er in entgegengesetzter Richtung aus der Stadt hinaus. In großem Bogen umfuhr er die menschlichen Behausungen, steuerte auf Zickzackkursen immer wieder die Richtung wechselnd, die Grenze an.

Mittlerweile war es dunkel geworden. Ein gütiger Gott hatte den Vollmond mit schwarzen Wolkenflotten zugedeckt. Gab es überhaupt einen gütigen Gott und wenn ja, auch für einen Mörder? Seine Gedanken passten sich der Schwärze der Nacht an. Er war ein Mörder, daran gab es nichts zu rütteln, zu beschönigen, zu entschuldigen. Er hatte einen Menschen umgebracht, der ihm nichts getan, ja, den er nie zuvor gesehen hatte. Warum nur, warum? Er war doch kein schlechter Mensch, oder? Pflegte aufopferungsvoll seine kranke Mutter. Versah seinen Dienst vorschriftsmäßig, war nett zu allen Leuten. Sein gestörtes Verhältnis zu seiner Ehefrau stand freilich auf einem anderen Blatt, doch daran war nicht er schuld, sondern sie ganz alleine. Eine einsame Träne der Unschuld floss seine Wange hinab. Selbstmitleid bemächtigte sich seiner, kroch auch in die entlegensten Winkel seines Körpers. Kam als Vorbote der Wut. Der Wut auf seine Frau und ihrer maßlosen Geringschätzung seiner Person, der Wut auf die Alzheimererkrankung seiner Mutter und schlussendlich der Wut auf diese blöde Illegale, die fahrlässigerweise im falschen Moment seinen Weg gekreuzt hatte. Alle, alle hatten sich gegen ihn verschworen.

In diese Verschwörungstheorie schloss er alle mit ein außer sich selbst, denn er war ein Gutmensch. Nur die Umstände waren schlecht, alle Inneren, alle Äußeren. Nie zuvor hatte er den Gedanken gefasst, einen Menschen zu töten. Weder seine Frau, noch seine Mutter oder seinen verhassten Kollegen Rudolf. Er hatte ihnen vielleicht Pest und Unglück an den Hals geschickt, aber sie töten, nein töten hatte er nie erwogen.

Am Parkplatz hinter dem Fußballplatz blieb er im Schutze der Kabine stehen. Pechschwarze Nacht empfing ihn, als er ausstieg. Rannte dreimal rund um sein Auto, atmete tief durch. War wieder voll konzentriert auf die schwierige Aufgabe, die vor ihm lag. So widerwärtig sie auch war, sie musste doch geschehen. Spannte seinen Körper, streckte sich durch, sandte ein Stoßgebet hoch hinauf in die Schwärze des Himmelsbogens, bat nochmals um Regen. Ging in Gedanken zum wiederholten Male seinen Aktionsplan durch.

Zuerst würde er so rasch als möglich unaufällig zu dem alten, seit Jahren unbenutzten Heustadel in der Nähe der Grenze fahren. Dort würde er in dem vorne offenen Verschlag, wo einst einmal ein Gummiwagen stand, sein Auto abstellen. Die letzten vierhundert Meter bis dahin, zwischen zwei Bauernhöfen durch, ohne Licht fahren. Dann abwarten, auf Geräusche achten, ob sich was rührt oder ihm gar jemand nachgefahren war. Nach fünfzehn Minuten im Laufschritt die hundertfünfzig Meter bis zur Grenze überwinden, hinter dem ominösen Felsen in Deckung gehen, warten, bis seine Kollegen auf der Rückfahrt ihrer Kontrolle vorbei fuhren. Von dem Moment an würde er gute zwei Stunden Zeit haben, bis sie wiederkamen. Das würde genügen, um die Leiche in die

Sicherheit des Stadels unter dem übel riechenden alten Heu zu verbergen. Kein Mensch würde sie dort finden, bis sie verrottet war.

Nervös blickte er auf die Uhr. Atmete noch einmal tief durch, ballte die Faust, reckte sein weiches Kinn nach vor. Nun war er wieder Polizist, Untergrundkämpfer, furchtloser Krieger im Feindesgebiet bei geheimer Operation. Ruhig und überlegt, kampfgestählt im jahrelangen Sondereinsatz. Imaginäre Bilder von Sonderkommandos geisterten durch seine Hirnwelt, von den gefürchteten Brandenburgern etwa oder von Spezialeinheiten der CIA oder SAS. Immer schon hatte er geträumt vom knochenharten Überlebenstraining in unbeugsamer Wildnis, von harten Ausleseverfahren, welche er als einer der wenigen bestand. Von Fallschirmabsprüngen über Feindesgebiet, von der Sprengung strategisch wichtiger Eisenbahnbrücken, von Sabotageakten an Einsatzzentralen und Radarstationen.

Nun war der Augenblick der Wahrheit gekommen, entscheidend für sein weiteres Schicksal, ja sein ganzes Leben. Ein Scheitern der nächtlichen Aktion würde das Ende seiner Polizistenlaufbahn bedeuten, das Ende seiner Karriere, Verhaftung, endlose Verhöre, unehrenhafte Entlassung aus dem Polizeidienst, schlagzeilentaugliche Pressemeldungen vom mordenden Polizisten, Anschuldigungen wegen Rassismus, Vorverurteilungen und Verurteilungen. Polizisten und ihre Verfehlungen waren seit jeher ein gefundenes Fressen für die Öffentlichkeit.

Diese Gedanken waren absolut nutzlos. Denn spätestens morgen würde die Hundestaffel eingesetzt werden. Er war dabei gewesen, wie sie der Chef telefonisch von der Zentrale angefordert hatte. Der Chef traute ihm nicht, die Kollegen detto. Obwohl er zum Dienst eingeteilt war, war er sich sicher, nicht mit dem Grenzgang betraut zu werden. Wahrscheinlich würde man ihn in der Kanzlei mit Schreibarbeiten eindecken. Seit Wochen spürte er die Klimaveränderung auf dem Posten. Man schnitt ihn, ging ihm aus dem

Weg, sprach nur das Allernotwendigste mit ihm. Keiner sprach ihn direkt darauf an, ob er für die besagte Nacht, diese unglückliche Nacht seines abscheulichen Verbrechens ein Alibi hatte. Niemand äußerte einen diesbezüglichen Verdacht, aber tief in der Schaltzentrale seines Unterbewusstseins ahnte er die Veränderungen, fühlte er die Kälte, die sich ihm gegenüber auftat.

- 7 -

Die Viertelstunde war um, die Dunkelheit der Nacht undurchdringlich. Schwärze umgab ihn durch seine Schuhe, seine Socken, seine Hose, seinen Anorak, seine Sturmhaube, die er über das Gesicht gezogen hatte. Alles an ihm war schwarz. War auch seine Seele schwarz? Würde er büßen müssen für den Mord an der jungen Tschetschenin? In der Hölle braten, das Feuer geschürt von dem schwarzen, zottelpelzigen Teufel, den er schon am Krampustag als Kind gefürchtet hatte?

Sekundenschnell verbannte er diese Gedanken, weit weg, tief hinunter zu den schwarzen Teufeln der Kindheit. Wie von Furien gehetzt rannte er deckungslos über die freie Fläche dem Waldrand, der Grenze, dem Felsen seiner Untat entgegen. Keuchend erreichte er den Felsen, verschwitzt, nach Atem ringend. Ging auf dessen Rückseite in Deckung, schob seinen Seesack mit der Bergeausrüstung unter einen Reisighaufen. Jetzt hieß es warten. Inständig um Regen flehend blickte er zum Himmel, doch es tat sich nichts.

Plötzlich vernahm er weit aus der Ferne leises Motorengeräusch. Pünktlich genau, wie er es vorausgesehen hatte, rollte die Patrouille an. Mit dem Gesicht nach unten kauerte er auf der wegabgewandten Seite des Felsens, wartete mit klopfendem Herzen. Das Geräusch kam näher. Es war der große Opel Geländewagen, mit den beiden jungen Kollegen Andreas und Manuela. Er erschrak. Warum die beiden? Warum nicht der Sepp und der Ferdl, wie es am Dienstplan stand? Hatte man den Dienstplan kurzfristig geändert? War diese Maßnahme Teil der Strategie, da man ihm nicht mehr traute? Oder weil bei der Grenzpolizei allgemeines

Misstrauen herrschte, seit gemunkelt wurde, dass ein Beamter mit den Schleppern konspirierte?

Es war ihm vollends bewusst, dass die Gefahr für ihn nun wesentlich größer war. Die Jungen gingen mit mehr Ambition an die Sache heran, mußten sich ihre Sterne verdienen. Flach wie eine Flunder lag er im taufeuchten Gras, hielt den Atem an. Noch fünfzig Meter, vierzig Meter, zehn Meter. Der Wagen kam zu stehen, ausgerechnet vor dem Felsen. Eine Türe ging auf. Mit angespannten Sinnen lauschte er.

„Ich muss nur schnell mal meinem Weltmeister die große, weite Welt zeigen“, ertönte Andreas Stimme. „Geh doch näher ran, er ist kürzer, als du denkst“, kam postwendend die frivole Antwort der hübschen Manuela.

Er konnte den verstärkten Herzschlag bis hinauf zum Kehlkopf spüren. Würde Andreas nur pinkeln und dann wieder ins Auto steigen? Oder würde er gar rund um den Felsen gehen, an seine Seite kommen? Würde er ihn erahnen, riechen, fühlen, entdecken? Er war dem Herzinfarkt nahe. Hörte, wie Andreas sein Wasser gegen den Stein abschlug, geräuschvoll furzte, zufrieden seufzte, den Reißverschluss zuzog. Urplötzlich, gerade im richtigen Moment, öffneten sich die Himmelsschleusen.

„Muss es denn grad jetzt zu regnen anfangen“, jammerte Andreas und stieg rasch ein. Schloss die Tür, startete und fuhr ab.

Aufatmend richtete er sich auf. Schüttelte die verkrampften Glieder durch, zog den Seesack aus dem Reisighaufen und rannte dem Sumpf zu. Nun war der Augenblick der Wahrheit gekommen. Im strömenden Regen richtete er den Strahl der starken Taschenlampe auf den morastigen Boden vor ihn. Suchte das Gelände ab, fand die große Schwarzerle mit dem abgebrochenen Ast, der ihm als Markierung diente. Unter seinen Stiefeln quatschte das Moor. So weit er sehen konnte, hüpfte er von Grasinsel zu Grasinsel. Immer wieder rutschte er ab, stand zentimeterhoch im schwappenden Wasser. Endlich war er da. Vor ihm lagen die Überreste seines unschuldigen Opfers. Der Rest des blauen Kleides schimmerte durch das Wasser, durch das scharfe Gras. Er streifte die Handschuhe über, hängte den Seesack an einen Ast, holte den Strick heraus. Band ihn der Unglücklichen um den rechten Fuß und zog die Leiche mit geschlossenen Augen aus dem Sumpf heraus. Wagte es nicht, hinterzublicken, wollte nicht sehen, was er angerichtet hatte. Sie war doch so jung und so schön gewesen!

Endlich hatte er es geschafft. Nun holte er den Müllsack und begann den Leichnam der jungen Frau hinein zu packen. Die Taschenlampe lag auf einem Grasbüschel, gerade so, dass ihr Lichtschein die Tote nicht erreichte. Wasser tropfte von ihr herab, irgendwelche Insekten, die er nur hören, aber nicht sehen konnte und auch nicht sehen wollte, flogen empor und umschwirrten ihn. Sie war schwerer, als er gedacht hatte. Mühevoll stopfte er sie unter Aufbietung all seiner Kräfte in den großen Sack und schnürte ihn zu. Dann leuchtete er noch einmal den Sumpf ab nach verräterischen Spuren. Einen Schuh vielleicht, einen Knopf, ein Stück Stoff. Doch er fand nichts. Vor Anstrengung schnaubend blickte er sich um. Der plötzliche Klageschrei eines Käuzchens jagte ihm eine Gänsehaut über den Rücken. „Komm mit, komm mit", so schrie es. Als Kind hatte er von seiner Großmutter erfahren, dass dies der Totenvogel war.

Er schulterte den Seesack, steckte die Taschenlampe in die Hosentasche, ergriff den Müllsack, der zweckentfremdet zum Leichensack wurde und schleppte ihn hinter sich nach, aus dem Sumpf hinaus. An manchen Stellen versank er bis zu den Knien in dem moorigen Wasser, benötigte all seine Kraft, um sich und die Tote aus dem Sumpf herauszuziehen. Sein Atem ging stoßweise, seine Schritte wurden immer schwerer. Fünfzig Meter, vierzig Meter, zehn Meter. Der Waldrand kam näher. Wie ein urzeitliches Schemen tauchte er aus dem Sumpf auf. Verspürte endlich wieder festen

Boden, blieb kurz stehen, atmete tief durch. Setzte den Sack mit der furchtbaren Last ab, streckte sich durch. Blickte gespannt in die Finsternis, achtete auf jedes, auch noch so kleine Geräusch. Ein leises Knacken ließ ihn auffahren. Irgendwo brach ein Ast, ließ ihn zur Salzsäule erstarren. Ein schemenhaftes Wesen wischte keine zwei Meter durch die Dunkelheit an ihm vorbei, ein Rehbock in panischer Hetze vor den Chimären der Nacht. Nach und nach entspannte er sich. Nahm den Sack wieder auf und lief in gebückter Haltung über die weite, offene Fläche, dem Heustadel entgegen. Peitschender Regen durchnässte ihn bis auf die Knochen, hatte jedoch den Vorteil, dass der Sack leichter über den grasigen Weg rutschte.

Schneller, als er gedacht hatte, erreichte er die Scheune. Schmiss den Sack mit seinem Opfer weit von sich weg ins Heu hinein. Fiel mit einem Seufzer auf den Lippen selbst ins Heu, blieb regungslos liegen. Minuten später fiel die Anspannung von ihm ab. Weinend übergab er sich. Er hatte es geschafft, alles andere nun würde ein Kinderspiel sein.

Als er seine Nerven wieder im Zaum hatte, ging er zum Tor. Blickte kurz hinaus, horchte. Nichts war zu sehen, nichts rührte sich. Nächtliche Stille lag über dem Land. Über den Dächern der weit entfernten Häuser ahnte er den Schein der Laternen. Hin und wieder waren Nachtgeräusche zu hören, leises Hundegebell vielleicht, das Knarren der Äste eines Baumes, das metallische Scheppern einer Stallkette. Sonst nichts. Dann und wann huschte Scheinwerferlicht über die Bundesstraße am Horizont, ließ den nassen Asphalt kurz aufblitzen.

Er ging wieder hinein, leuchtete mit der Taschenlampe in das Heu. Seine Blicke suchten den Sack. Mit zitternden Händen teilte er das übelriechende Heu, legte den Sack hinein und häufte ihn zu. Gute zwei Meter hoch begrub er die Tote in dem alten Heu, in der Hoffnung, dass sie selbst bald zu Heu würde. Rasch eilte er in die entgegensetzte Ecke der Scheune, weit, weit weg von der toten Tamara mit den schönen schwarzen Augen in dem hässlichen, schwarzen Müllsack. Dann grub er sich ins Heu ein. Das Heu trocknete seine Kleider, hüllte ihn in dampfende Wärme. Die Leuchtziffern seiner Armbanduhr zeigten ihm, dass es bald Mitternacht wäre. Eine halbe Stunde genehmigte er sich als Ruhepause, als Erholung von der strapaziösen, nervenaufreibenden Bergung.

Als er sich wieder erhob, war er fast trocken. Seine Kleider stanken furchtbar nach staubigem Heu. Mit einem Büschel reinigte er seine dreckigen Stiefel, seine nasse Hose. Ein letzter Rundblick im Lichtkegel der Lampe überzeugte ihn, dass weder der Sack mit der Leiche, noch irgendwelche andere verräterischen Spuren zu sehen waren. Er wusste, dass die Scheune zu einem aufgelassenen Bauernhof gehörte, der, wie so viele andere im Waldviertel auch, stumm dem Verfall preisgegeben war. Niemand kam hier herein, erhob Anspruch auf das übelriechende Heu, das zu nichts mehr nütze war. Einzig und allein Mäuse und Marder hausten hier und so Gott will und nichts Unvorhergesehenes passierte, würden auch die kümmerlichen Überreste von Tamara Dossidowitsch hier verrotten.

Als er die Scheune verließ, regnete es noch immer. An die Scheunenwand gelehnt, blieb er stehen, horchte noch einmal auf, sah sich noch einmal um. Es war dreiviertel Eins. Geduckt lief er zu seinem Auto, löste die Handbremse, schob es aus dem Verschlag hinaus. Rannte drei, vier Meter nebenher auf dem leicht abschüssigen Güterweg und sprang erst im letzten Moment hinein. Geräuschlos rollte es der Hauptstraße zu. Erst am Ortsende wagte er es, auszukuppeln und den Motor anspringen zu lassen. Nun schaltete er das Licht ein. Rasch fuhr er nach Hause.

Um halb Zwei stellte er den Wagen in seiner Garage ab. Leise schlich er ins Haus, um seine Mutter nicht aufzuwecken. Seine Frau kam erfahrungsgemäß an diesen Abenden nie vor zwei, drei Uhr nachhause, je nachdem, ob sie ein williges Opfer ihrer ungestillten Lust gefunden hatte oder nicht. Er riss sich die klammen Kleider vom Leibe, schob sie unter das Bett. Morgen würde er sie in die Waschmaschine stecken. Mit einem Handtuch rieb er sich trocken, zog dann seinen Pyjama an. Im Bett liegend starrte er minutenlang zur Decke. Immer wieder sah er die Leiche vor sich. Dieser eine kurze Kontrollblick im Lichtkegel der Taschenlampe hatte ihm genügt, um ihn sein ganzes Leben erschaudern zu lassen. Das zerfetzte Kleid, das augenlose Gesicht, das von den Tieren des Waldes angenagte Fleisch der einst rosigen Wangen würde ihm genug Stoff für unzählige albtraumhaft-schlaflose Nächte geben. Still weinte er in sich hinein. Seine Hände zitterten, seine Augen glänzten fieberhaft. Bilder wie aus einem schlechten Kriminalfilm rollten vor seinen Augen ab. Wie er die Tschetschenin nieder riss, sich an ihr verging, wie er ihr in panischer Angst den Mund zudrückte, wie er sie erstickte. Wie er sie in den Wald hinein zerrte, tief in den Sumpf, aus dem sie immer wieder anklagend mit erhobenen Händen in seinen Träumen auftauchte und ihn daran erinnerte, dass er ein Mörder war.

Schlaflos wälzte er sich im Bett herum. Plötzlich vernahm er Stimmen vor dem Fenster. Ein leises Lachen, ein Gurren. Ruckartig sprang er aus dem Bett und ging zum Fenster. Durch den Vorhang spähte er hinaus, sah seine Frau bei einem Auto stehen. Doch es war nicht ihre Freundin, die sie vom Tanzabend zurück brachte, sondern ein junger Mann, ein sehr junger Mann sogar. Sie lässt sich schon wieder von einem Liebhaber heimbringen, dachte er verbittert. Er blickte auf die Uhr, es war vier Uhr und der Morgen graute. Sein Polizistenhirn erwachte und er registrierte mit geschultem Blick die Nummertafel. Rasch holte er Zettel und Bleistift und notierte Kennzeichen, Fabrikat und Farbe des schnittigen Sportwagens. Ballte die Faust, schwor dem jungen Stutzer Rache, dass er es mit seiner Frau getrieben hatte.

Obwohl sein Dienst erst um sieben Uhr früh anfing, war er schon um sechs Uhr auf der Dienststelle. Kramte umständlich lange in irgendwelchen Papieren herum, wartete, bis die Kollegen vom Nachtdienst zurück kamen.

„Hat es irgendwelche besonderen Vorkommnisse gegeben", wollte er von ihnen wissen. Er atmete auf, als er vernahm, dass die Nacht ruhig verlaufen war. Doch als er seinen Dienst im Wachhäuschen am Grenzbalken antrat, konnte er förmlich spüren, wie sich die fragenden Blicke des Kommandanten in seinen Rücken bohrten. Er stand unter Beobachtung!

Am Freitag bei der Dienstbesprechung waren zwei fremde Gesichter zu sehen. Es handelte sich um den Chef der Ermittlungskommission der Kripo und einen hochrangigen Angehörigen der Russischen Botschaft in Wien. Der Kriminalbeamte erklärte den Grenzpolizisten, dass die Kripo mit sofortiger Wirkung die Suche nach der vermissten Tschetschenin übernommen habe. Bereits am Montag würde mit den Ermittlungen an Ort und Stelle begonnen, dabei auch die längst fällige Hundestaffel eingesetzt werden.

Gänzlich unerwartet wurde er nicht zum Wochenenddienst eingeteilt. Sollte er lachen, sollte er weinen? War dies ein gutes Vorzeichen, oder eher ein schlechtes? Wollten sie ihn bei der Fahndung nicht dabei haben, ihn bewusst aus der Schusslinie halten? Hatte sich ihr Verdacht erhärtet oder verringert?

Der Tag wollte nicht vergehen. Die Zeit verrann zähflüssig, immer wieder blickte er zur großen Uhr, deren Minutenzeiger, wie es ihm schien, nicht und nicht weiterwandern wollte. Irgendwann wurde er müde, die Uhr anzustarren. Voll Ungeduld erwartete er den Dienstschluss, wollte einfach weg von hier.

Er zitterte am ganzen Körper, als er in sein Auto einstieg. Schweißgebadet saß er darin, unfähig, den Wagen zu starten. Er wollte weg vom Amtsgebäude, weg vom Parkplatz und konnte nicht. Fühlte bohrende Blicke auf sich gerichtet, drohende Zeigefinger, vermeinte, ihr Tuscheln zu hören, wie sie über ihn sprachen, über sein eigenartiges Verhalten der letzten Tage diskutierten, Vermutungen anstellten und wieder verwarfen. Plötzlich spürte er die Feuchte zwischen seinen Beinen, er hatte die Kontrolle über sich verloren! Ungläubig starrte er auf den nassen Fleck seiner Hose.

Wie in Trance startete er, fuhr ruckartig aus der Parklücke, raste wie ein Halbverrückter die Straße hinunter, über das Lenkrad gebeugt, einen fixen Punkt auf der Straßenmitte fixierend. Zehn lange Minuten brauchte er, bis er kapierte, dass kein Anlass für seine Flucht bestand, dass er eigentlich die Lage kontrollierte, es keinerlei Handhabe gegen ihn gab – nur die, die er seinen Kollegen durch sein panikartiges Verhalten selbst lieferte. Langsam beruhigte er sich, bekam seine Nerven in den Griff. Rasch lenkte er in einen Waldweg hinein. Stieg aus, versuchte seinen Atem, sein Herzrasen unter Kontrolle zu bringen. Hastig blickte er um sich, doch er war alleine, keiner sah ihn, niemand beobachtete ihn.

Litt er schon an Verfolgungswahn? Sah er Gespenster, wo keine waren? Verzerrte Trugbilder, die ihm seine Angst vorgaukelte? War er seiner Sinne eigentlich noch mächtig? Langsam ging er, nein, eigentlich schleppte er sich sinnentleert in den Wald hinein. Wusste nicht ein noch aus.

Ein leises Geräusch ließ ihn zusammenfahren. Ein Eichhörnchen turnte behende einen Baumstamm hinauf. Unwillkürlich musste er lachen. Ein Eichhörnchen war es nur, kein Grenzpolizist, kein Tschetschene mit gezücktem Messer! Der Bann war gebrochen. Gefasst ging er zu seinem Wagen zurück. Zog seine nasse Hose aus, breitete sie auf der Motorhaube aus, ließ sie in der Abendsonne trocknen.

Ruhe überkam ihn. Nicht die Abendruhe des müden Wanderers. Auch nicht die Seelenruhe der absolut Glücklichen, die eins mit sich und ihrer Umwelt waren. Eher schon die Ruhe der Ruhelosen, der Flut gleich, die der Ebbe weicht. Sein Pulsschlag normalisierte sich, sein Atem kam zur Ruhe, seine Gedanken ordneten sich neu.

Nichts war geschehen, nichts wird geschehen, heute nicht und morgen nicht! Keiner konnte ihm was anhaben, ihn verletzen, in seine Seele eindringen. Er hatte keine Spuren hinterlassen, war in eine Situation hinein gestoßen worden, an der er nicht schuld war, für die er nichts konnte. Ein kurzer Augenblick der Unbesonnenheit, ungewollt, ungeplant, hereinbrechend wie ein Gewittersturm, eben so schnell wieder endend. Alles würde wieder gut werden. Die archaischen Ängste der Nacht würden vergehen im Laufe der Zeit, der fragende Blick der schönen schwarzen brechenden Augen verschwinden, sich auflösend.

Er stieg aus, zog die fast schon trockene Hose wieder an. Einen kurzen Moment noch streifte sein Blick über den Waldrand. Niemand war zu sehen. Die Sonne versank hinter der Hügelkette, ein letztes Mal noch glitten ihre Strahlenfinger über die Landschaft, gerade so, als es ob sie die weichen Konturen der Felder und Wiesen in den Schlaf streicheln wollte.

Gelöst, ja beinahe glücklich fuhr er der Stadt zu.

- 8 –

Erstmals seit jenem unglückseligen Morgen schlief er gut und traumlos. Frühmorgens fuhr er mit dem Fahrrad in die Altstadt. Tat etwas, was er seit Kindertagen nicht mehr getan hatte. Ging in die Bäckerei, bestellte eine Tasse heiße Schokolade und eine Buttersemmel. Langsam, ja beinah schon feierlich nahm er sein Frühstück zu sich. Blätterte entspannt in der Tageszeitung, Zeile für Zeile, Wort für Wort. Dieses Zelebrieren einer alltäglichen Handlung sollte Belohnung sein, verdienter Ausgleich für die nervliche Anspannung der letzten Tage. Genüsslich holte er mit der Zungenspitze den köstlichen Schaum von seinen Lippen, löffelte die weiche Schokolade vom Tassenboden und ließ sie mit dem Entzücken des Genießers in die Kehle gleiten.

Er fühlte sich wohl wie schon lange nicht. Die flache Morgensonne sandte ihre Strahlen durch das Fenster hinter ihm, wohltuende Wärme glitt über seinen Nacken. Alle Sorgen, aller Unbill, alle hämischen Bemerkungen seiner Kollegen fielen von ihm ab, wie eine Sternschnuppe, die den Höhepunkt ihrer Bahn verlassend, nach und nach im freien Fall verglüht. Andächtig faltete er seine Hände, reckte die Fingerspitzen nach oben, drückte fest Handfläche an Handfläche, spürte wohltuende Wärme durch seine Hände pulsieren, zufrieden, entspannt, mit sich selbst und seiner Welt im Reinen.

Dieser selten glückhafte Moment sollte indes nicht von Dauer sein. Auf Seite acht sprangen ihm die schönen, schwarzen Augen der unglücklichen Tamara ins Gesicht. Zu Tode erschrocken, fassungslos ließ er von der Zeitung ab, bedeckte sein Gesicht mit zitternden Händen. Neuerlich begann in seinem Innersten ein Gewittersturm zu toben, schrecklicher, wütender als all die anderen, vorangegangenen, schon vergessen geglaubten.

Die Verkäuferin blickte ihn erstaunt an, registrierte seine plötzliche Gemütsänderung.

„Ist Ihnen nicht gut, soll ich Ihnen ein Glas Wasser bringen", war sie besorgt, meinte es gut mit ihm.

„Nein, nein, es geht schon wieder", stammelte er. „Es war nur ein kurzer Schwächeanfall, mein Blutdruck spielt anscheinend wieder verrückt, aber es ist schon wieder vorbei!"

Er hatte sich wieder in der Hand. Faltete akribisch genau die Zeitung zusammen, legte sie auf das Tischchen, zahlte und ging. Draußen lehnte er sich an die Hausmauer, atmete tief durch. Nur nicht auffallen, so dachte er sich, sei ganz ruhig, tu so, als ob nichts geschehen wäre. Geradezu bedächtig schob er sein Fahrrad aus dem Ständer, schwang sich darauf und trat fest in die Pedale. Machte sich schwere Vorwürfe, da er beim Anblick des Zeitungsfotos für einen Moment lang die Fassung verloren hatte. Verwünschte sich, da er doch damit gerechnet hatte, dass irgendwann einmal die Zeitungen über das Verschwinden der Flüchtigen berichten würden.

„Warst du dabei, als die Tschetschenen gefasst wurden", wollte der Trafikant von ihm wissen, als er die Zeitung kaufte. „Heute ist ihr Bild in der Zeitung, verdammt fesche Frau!"

„Nein", erwiderte er kurz angebunden, kraftlos, mit leiser Stimme. „Ich war an jenem Tag im Krankenstand, Bauchgrippe."

Drehte sich auf dem Absatz um, verließ beinahe fluchtartig die Trafik, weiteren Fragen aus dem Wege gehend.

Der Schatten der letzten Tage war wieder da, hatte ihn unbarmherzig eingeholt. Rasch fuhr er nach Hause, griff zu einer Beruhigungstablette. Zu allem Überdruss war seine Mutter bereits aufgewacht, schikanierte ihn, da ihr Frühstück nicht wie gewohnt auf dem Nachtkästchen stand.

Als sie versorgt war, legte er sich auf sein Bett und studierte die Meldung in der Tageszeitung. Der Bericht selbst nahm wesentlich weniger Platz ein als das Foto der verschwundenen Sängerin mit den schönen, schwarzen Augen. Sie war die Dreizehnte der Flüchtlingsgruppe, unauffindbar seit jenem Morgen. Die Dreizehnte! Kalter Schauder rann ihm über den Rücken. Er war nie abergläubisch gewesen, hatte immer gelacht, wenn wer die Dreizehn als Unglückszahl bezeichnete. Nun aber war sie auch zu seinem Unglück geworden, diese ominöse Zahl!

In der Meldung wurde die Bevölkerung zur Beihilfe aufgerufen, ob wer die Tschetschenin gesehen hatte. Der mit der Ermittlung beauftragte Kriminalbeamte, so hieß es, befürchtete, dass Tamara Dossidowitsch einem Verbrechen zum Opfer gefallen war. Eine zweite Möglichkeit, die man ebenfalls nicht ausschließen konnte, war die, dass ein Schlepper an der falschen Stelle der Grenze gewartet und einzig und allein die Verschwundene in Empfang genommen hatte. In diesem Fall wäre sie durch Mitglieder der auch in Österreich aktiven Tschetschenenmafia entweder aufgenommen oder in ein Drittland weitergeschleust worden. Beide Möglichkeiten schloss man nicht aus. Einstweilen galt sie für die Behörden als vermisst, die Bevölkerung wurde um sachdienliche Hinweise ersucht.

Sollen sie doch ruhig suchen, dachte er sich, sie werden nichts finden. Keine Spuren, keine Hinweise, er hatte seine Sache gut gemacht. Er war ein guter Polizist, gründlich, strebsam, gesetzestreu. An der Wand hingen seine Belobigungen, seine Diplome. Sämtliche Kurse, sämtliche Prüfungen hatte er mit Auszeichnung bestanden, galt als gewissenhaftes Vorbild, hochdekoriert, ja, sogar der Polizeipräsident hatte ihm anlässlich einer Feierstunde höchstpersönlich die Hand geschüttelt, Dank und Anerkennung ausgesprochen, forsch den Verdienstorden an die Brust geheftet. Das Foto war nicht nur in der regionalen Wochenzeitung, sondern sogar auch in der Kronen Zeitung zu bewundern gewesen.

Der unglückselige Zwischenfall durfte seine Karriere nicht zerstören. Wo käme man denn hin, so sagte er sich, wenn ein Spitzenbeamter wegen so einer Dahergelaufenen in die Bredouille käme? Wo doch ihre Lebenserwartung in der kriegsgeschüttelten Heimat ohnehin nicht sehr hoch gewesen wäre. Welche Zukunft hätte sie hier gehabt? Herumgestoßen wäre sie worden im Flüchtlingslager, heimatlos, wäre bestenfalls auf dem Strich oder in irgendeinem obskuren Nachtlokal am Wiener Gürtel gelandet, ihre Chancen auf ein anständiges Leben wären gleich Null gewesen.

Vor seinem geistigen Auge tauchten nun Bilder auf. Tamara, nackt tanzend in einer schummrigen Bar. Tamara, in einem billigen Stundenhotel ihren Körper verkaufend. Tamara, geschlagen von ebenfalls schwarzäugigen Zuhältern mit narbigen Gesichtern. Tamara ohne Pass, dahinvegetierendes Vergnügungsvieh wie schon hunderte vor ihr. Zukunftslos, chancenlos, gepeinigt, mit Drogen und Schlägen gefügig gemacht, abhängig von der Gnade ihrer Zuhälter. Bei jedem geringen Fehler gezüchtigt, stets den Tod vor Augen.

Diese Bilder seiner Hirnwelt wühlten ihn auf. Ein unbändiger Hass auf die verbrecherischen Schlepperbanden wallte in ihm. Die armen Teufel, die in ihrer Heimat keine lebenswerten Aussichten hatten, oft nur zwischen Flucht und Elend wählen konnten, ihr gesamtes Geld und letzte Hoffnung einem Unbekannten anvertrauten. Mit hundertprozentiger Sicherheit war auch die schöne Tamara mit dem Angebot, als Sängerin im „Goldenen Westen" ihr Glück zu machen, nach Österreich gelockt worden. Er kannte die Schicksale der Unglückseligen, hatte schon hunderte von ihnen vernommen und in das Flüchtlingslager einer ungewissen Zukunft abgeschoben. Hatte sie oft genug bedauert, wenn sie einem Häufchen Elend gleich, apathisch mit stumpfsinnigem Blick am Posten gehockt sind. Meist in den frühen Morgenstunden, halb verhungert, vor Kälte und Angst zitternd. Dankbar waren für eine Tasse

Kaffee, ein Stück Brot. Sprachlos ausgeharrt hatten, bis endlich der Dolmetscher kam, die Vernehmung beginnen konnte.

Als politisch Interessierter wusste er Bescheid über die grausame Geschichte der Tschetschenen. Vom ersten Befreiungskampf der verbündeten nordkaukasischen Völker unter Führung des tschetschenischen Scheichs Mansur gegen das russische Imperium im 18. Jahrhundert. Von der Niederschlagung der Revolte durch die Kosaken im Dienst des Zaren. Vom neuerlichen Widerstand der Tschetschenen, dem schließlich der 1. Kaukasische Krieg folgte. Fast vierzig Jahre dauerte dieser Krieg zwischen dem christlichen Zarenreich und den islamischen Völkern des Kaukasus. 1834 wurde Schamil zum Imam ausgerufen, unter seiner Führung begann nun ein unerbittlicher Partisanenkrieg, in dem die Tschetschenen aufopferungsvoll kämpften. Der Militärhistoriker schrieb Ende des 19. Jahrhunderts: „Die Gebirgsarmee, die das russische Militärwesen um viele neue Aspekte bereicherte, war ein Phänomen von ganz und gar außerordentlicher Schlagkraft. Es handelte sich dabei um die stärkste Volksarmee, mit der sich der Zarismus je konfrontiert sah!“

Die Tschetschenen, verbissene, radikale Kämpfer lehnten sich gegen jegliche Fremdherrschaft auf. Die Vertreibung von ca. dreihunderttausend Nicht-Tschetschenen im Jahre 1994 war für die Russen Grund genug, zu den Waffen zugreifen. Es begann der 1. Tschetschenenkrieg, der bis zum August 1996 dauerte. Die erfolglose Belagerung der Hauptstadt Grosny sicherte dem geschundenen Land einen Friedensvertrag, die Russen zogen wieder ab. Doch dies war noch nicht das Ende. Denn am 7. August 1999 marschierten Einheiten unter Schamil Bassajew im benachbarten Dagestan ein, um es einem islamisch-fundamentalistischen Kalifatstaat anzuschließen, der langfristig den gesamten Nordkaukasus umfassen sollte. Doch wiederum griff die russische Armee ein, vertrieb die tschetschenischen Einheiten aus Dagestan.

Wladimir Putin, damals Premierminister, kündigte eine militärische Lösung des Tschetschenienkonflikts an und so kam es, dass am 1. Oktober 1999 die russische Armee erneut in Tschetschenien einmarschierte.

Die Bilder ausgebombter Häuser, zerstörter Siedlungen und langer Flüchtlingsströme waren ihm lebhaft in Erinnerung geblieben. Proportional zur Intensivierung dieser Gedankenbilder nahm sein Schuldbewusstsein ab. Kam zu dem Entschluss, Tamara eine ungewisse, furchtbare Zukunft erspart zu haben. Er verstrickte sich so sehr in diesen Gedanken, dass er in seinem Unterbewusstsein von ihrem Mörder gleichsam zum Erlöser wie zum Opfer wurde.

Wäre er psychologisch geschult gewesen, so hätte er erkennen müssen, in welcher Gefahr er sich befand. Nicht in akuter Gefahr durch die anderen, sondern durch sich selbst. Ein guter Psychiater hätte ihn nach nur einer Sitzung durchschaut. Ihn katalogisiert als schizothymen Typ mit streng abgegrenzter Individualzone, der in einer streng abgegrenzten Prinzipienwelt lebte und seine innere Dramatik hinter der mühsam aufrecht erhaltenen Fassade einer scheinbar undramatischen Normalität verbarg. Doch sein Dasein war alles andere als undramatisch. Nicht nur durch den Mord an Tamara, sondern hauptsächlich durch sein langes Martyrium mit seinen zwei blöden Weibern, welche er als „Feinde im eigenen Haus“ titulierte. Gewiss, er war ein korrekter Beamter, der im Dienst nie auch nur einen Fingerbreit von seinen hohen moralischen Grundsätzen abwich. Der seine Arbeit streng nach Vorschrift versah, unbeirrbar, unbestechlich, unbeugsam, mit dem richtigen Quantum an Härte. Hart, aber gerecht, so lautete sein Wahlspruch.

Alle, die ihn besser kannten, wurden aus ihm nicht schlau. Der krasse Gegensatz seiner beiden Persönlichkeiten irritierte sie. Seine berufliche Laufbahn war tadellos. Immer wieder wurde er den jungen Kollegen als leuchtendes Vorbild gepriesen. Sein Spitzname

„Der Unbestechliche" war weit über die Landesgrenzen hinaus bekannt, hatte seinen Weg auch in das Polizeipräsidium gefunden. Dies war die eine Seite, so sah er sich selbst.

Die andere Seite, die private, versuchte er zu verdrängen. Seit Jahren beschwor er sich, dieser unleidlichen, menschenunwürdigen Situation ein Ende zu setzen. Doch nach Dienstschluss, wenn er seine Uniform an den Nagel hängte und in bequeme Freizeitkleidung schlüpfte, schien es, als ob er mit dem Wechsel der Kleidung auch seine Identität ändern würde. Dann fiel die zuvor sorgsam gepflegte Fassade in sich zusammen, abhängigkeitsbedingt durch seine schwer kranke Mutter und seine untreue, von höhnischem Zynismus triefende Ehefrau. Dann mutierte er zum Weichei, zum Waschlappen, zum unterwürfigen Diener.

Seine gespaltene Persönlichkeit machte ihm schwer zu schaffen. Er kannte all die Spötteleien der Kollegen hinter seinem Rücken. Dass er ein Schwächling sei, ein Hahnrei, Tag für Tag von Frau und Mutter erniedrigt wurde. Nicht imstande, diese Situation zu meistern.

Mit Schaudern erinnerte er sich an den Tag, als auf der Toilette saß und vom Pissoir her ein Gespräch zweier Kollegen mit anhören musste, das sie über seine Gattin führten. Dass sie ein geiles Luder sei, eine „weiße Leber" hätte. Der eine hatte sie schon gebumst, der andere sich bereits in die Warteliste eingetragen, wie er schmutzig lachend bemerkte. Den Vogel abgeschossen hatte jedoch Rudolf, der geborene Zyniker. Es war zwei, drei Tage nach dem besagten Betriebsausflug gewesen, damals, beim Heurigen in der Wachau, wo der Wein im Überfluss geflossen war und seine treulose Ehefrau den Kollegen ihre Gunst im Gartenhaus gewährt hatte.

„Wenn du vor zwei Jahren dein Haus angezündet hättest, mit den beiden Bissgurn drinnen, dann wärst jetzt wegen mildernder Umstände schon aus dem Häfen und ein freier Mensch. Besser ein Ende mit Schrecken, als ein Schrecken ohne Ende!"

Doch nun war es zu spät, er steckte in einem noch größeren Schlamassel und suchte fieberhaft nach einem Ausweg. Zwar war er sich sicher, die Leiche gut versteckt und alle verräterischen Spuren beseitigt zu haben. Was aber geschah, wenn die Hunde die Spur im Moor aufnahmen? Würden sie den Weg zum alten Heustadel wittern? Würde das alte, verdorbene, stinkende Heu den Geruch der Verwesung überdecken?

Zum hundertsten Male wohl rollte in seiner Gedankenwelt ein Horrorfilm ab, mit ihm als Hauptdarsteller. Wie ihm Rudolf die Handschellen anlegte mit dem „Ich-habs-von-Anfang-an-gewusst, dass-du-es-warst"-Blick. Wie er Uniform und Dienstwaffe abgeben musste, beobachtet von den verlegen grinsenden Kollegen. Wie er im Verhör weinend zusammenbrach, Frau und Mutter alle Schuld in die Schuhe schiebend. Wie er unter den Blicken von Kollegen, Presseleuten und Schaulustigen in den Arrestantenwagen einstieg. Wie er zum Gespött der Bevölkerung wurde, genug Gesprächsstoff für eine ganze Woche lieferte. Wie er mit genau dem Gesindel die Zelle teilen musste, das er jahrzehntelang als Hüter des Gesetzes so verabscheut hatte, von den er plötzlich ein Teil wurde. Er, der Unbestechliche, Korrekte, Gesetzestreue fand sich nun selbst, bedingt durch eine bittere Laune des Zufalls, auf der anderen Seite des Gesetzes.

Fieberhaft, angstgetrieben besann er sich auf die Einzelheiten der schicksalhaften Begegnung im Morgengrauen. Rekapitulierte genau, achtete auf jede Einzelheit. Durchsuchte Hose und Natojacke auf etwaige Spuren. Haare, Hautpartikelchen, Samenkapseln, Pflanzenreste und ähnliches. Befürchtete, mikroskopisch kleine Spuren übersehen zu haben, verbrannte sicherheitshalber die Kleidungsstücke im Heizungskessel. Zerschnitt die Gummistiefel in kleine Streifen, versenkte diese tief im Restmüllcontainer, der am nächsten Tag zur Entleerung kam. Fuhr mit dem Geländewagen in die Waschstraße, wo er sorgfältig auch Unterboden und Reifen abspritzte, Innenraum und Kofferraum mit dem Staubsauger penibel genau reinigte. Stellte sein Zimmer, die Garage buchstäblich auf den Kopf auf der Suche nach trotz peinlicher Säuberung übersehenen Beweisstücken. Endlich war er sich ganz sicher, keine hinterlassen zu haben.

Er hatte während seiner Ausbildung genug Kurse und Vorträge besucht über Spurensicherung und Beweisführung und wusste genau, wonach die Kriminalbeamten im Falle einer Aufdeckung suchen würden. Doch nun waren sein Auto und sein Haus klinisch sauber. Drei Schwachstellen blieben über. Was würden Frau und Mutter aussagen? Sie hatten ihn beide gehört, als er an jenem Tag im Morgengrauen das Haus verließ. Den Aussagen seiner Mutter würden sie wegen ihres Alzheimerleidens keine Bedeutung zumessen, doch seine Frau würde ihn liebend gerne ans Messer liefern. Noch dazu, wo er ihr in einem unbedachten Augenblick vor zehn Jahren die Hälfte seines Besitzes zugesprochen hatte. Oft schon dachte er daran, sein Testament zu ihren Ungunsten zu ändern, all sein Hab und Gut dem Kameradschaftsfond der Exekutive zu überlassen. Doch er hatte den richtigen Zeitpunkt verpasst und nun würde ihn dieser Schritt erst recht verdächtig machen.

Eine weitere Unsicherheit war, dass er sich in den Tagen nach dem Mordfall durch sein ungeschicktes Verhalten verdächtig gemacht hatte. Rudolf, sein Erzfeind, hatte ihn seitdem ständig auf der Schaufel. Streute immer wieder Bemerkungen ein, die ihn verunsicherten. Der Chef war plötzlich distanziert, gab ihm keine Informationen über den Aufklärungsstand. Man ließ ihn in seinem eigenen Saft schmoren. Angeblich hatte die Kriminalpolizei wirklich ein blaues Stofffetzchen an einem Ast im Erlensumpf gefunden. Die Hunde hatten zwar Witterung aufgenommen, aber nach wenigen Metern wieder verloren. Sie waren glücklicherweise nicht bis zur Scheune vorgedrungen.

Trotzdem war er ganz krank vor Angst. Sah er bereits Gespenster, wo keine waren? Bildete er sich nur ein, dass ihn die Kollegen links liegen ließen, von ihrer Gemeinschaft ausgeschlossen, ihn bereits abgeschrieben, als Mörder abgestempelt hatten? Tatsache war, dass er nie alleine in der Kanzlei war, sich ständig beobachtet fühlte. Den Akt bezüglich der vermissten Tamara Dossidowitsch hatte der Chef persönlich in den Tresor eingeschlossen, an den kam er nicht heran. Deshalb konnte er in den Ermittlungsstand nicht Einsicht nehmen, war einzig und allein auf beiläufige Gespräche angewiesen.

Der größte Schwachpunkt aber war die Leiche selbst. Wie sicher war der aufgelassene Heustadel als Versteck? Kam wirklich niemand dorthin? Konnte die Tote dort zufällig entdeckt werden? War es möglich, nach so langer Zeit noch irgendwelche Hinweise auf die Vergewaltigung, ihren gewaltsamen Tod zu finden? Wie lange hielten sich Spermaspuren, Fingerabdrücke und ähnliches an einem Körper, der wochenlang zuerst im Sumpf, dann unter altem Heu gelegen war? Diese und ähnliche Fragen quälten ihn, ließen ihn Tag und Nacht nicht zur Ruhe kommen. Immer wieder sah er die schwarzen Augen vor sich, die ihn panisch überrascht anstarrten, ehe sie brachen.

Er grübelte und grübelte, ob und wie er die Leiche endgültig und spurlos verschwinden lassen könnte. Den Heustadel anzünden? Wie schnell verbrannten totes Fleisch, tote Knochen? Wenn der Brand rechtzeitig entdeckt und gelöscht würde, dann entdeckte man die Leiche auf jeden Fall. Der Feuerschein wäre weithin sichtbar und irgendwer würde Alarm schlagen. Nein, dies war zu unsicher. Doch die Tote noch einmal zu verfrachten, sie woanders zu verstecken, war ebenfalls gefährlich. Er könnte dabei gesehen werden, besonders jetzt, da die Kontrollen im Grenzbereich verstärkt wurden, die Kriminalbeamten noch immer das Gebiet durchkämmten. Der Gedanke, die Leiche noch einmal anfassen, ihr in das Gesicht sehen zu müssen, machte ihn ganz krank. Er wusste nicht, ob er dieser nervlichen Anspannung noch einmal gewachsen wäre. Doch der Heustadel war auffällig genug. Stand mutterseelenallein im flachen Gelände, keine fünfhundert Meter von der Grenze entfernt. Bot sich direkt als Versteck an. Wäre er ein Kriminalpolizist, so würde er dort zuallererst suchen!

Alles hatte sich gegen ihn verschworen. Der Kommandant hatte ihn zum Innendienst eingeteilt. War auf seine langjährige Erfahrung angewiesen, meinte er. Es wäre längst an der Zeit, dass sich jemand Zeit nehmen würde, um das Archiv zu entrümpeln. So saß er nun schon drei Tage lang in einem fensterlosen Raum im Keller, sichtete Ordner und Heftmappen, Stapel von Gesetzesblättern, ordnete, registrierte, sortierte alten Krempel aus. Verließ sein neues Betätigungsfeld nur, wenn er auf die Toilette musste. Ertrug geduldig die Sticheleien seines Erzfeindes Rudolf von wegen Akten abstauben und so.

Diese Demütigung, einer geräuschlosen Degradierung gleich, traf ihn tief in sein Polizistenherz. Langsam, ganz langsam sickerte es durch seine Hirnwelt, dass er die Bestellung zum Postenkommandanten ad acta legen konnte. Tagelang schwankte er zwischen Resignation und Depression. Fuhr an seinen freien Tagen zu einem Psychiater nach Wien, wo ihn niemand kannte. Bezahlte die Behandlungskosten selbst, damit es nicht auffiel.

Der Arzt stellte fest, dass er irgendwelche Schuldgefühle hätte. Wollte wissen, ob er sich bei der Pflege der Mutter überfordert fühlte. Ob er irgendein Trauma aus seiner Kinderzeit als seelischen Ballast mit sich schleppte. Fand heraus, dass er eine gestörte Beziehung zu seinem strengen, gewalttätigen Vater gehabt hatte.

Schonungslos sich selbst gegenüber, legte er seine Seele offen. Erzählte mit leiser Stimme von dem Scheitern seiner Ehe, von seiner Unfähigkeit, dem quälenden Verhältnis ein Ende bereiten zu können. Von der Schmach, die er erlebte, wenn seine Frau sich von jungen Männern nach Hause bringen ließ. Wie er ohnmächtig mit ansehen musste, wenn sie provokant vor seinem Fenster schmuste.

Auch die Tatsache, dass sie ihn mit der halben Mannschaft des Polizeipostens bereits betrogen hatte, verheimlichte er nicht. Er bezeichnete sie selbst als Hure, ohne dabei zusammenzuzucken.

Dem Seelenklempner war schon vieles untergekommen, doch dieser Fall war einzigartig. Die einzige Möglichkeit, sich selbst zu retten, wäre, so schlug er vor, die Scheidung von seiner Frau, die Abschiebung der Mutter in ein Pflegeheim und eine Versetzung weit, weit weg. In dieser Reihenfolge. Dann, so war er sicher, würde er zur Ruhe kommen, seine Identität wiedererlangen.

An diese Möglichkeit dachte er seit langem. Doch er konnte es nicht tun, es fehlte ihm die Kraft dazu.

- 9 -

Keiner der Kriminalbeamten kam auf den Gedanken, den Heustadel zu durchsuchen. Mag sein, dass sie ihre Ermittlungen wirklich nicht ernst genug, nicht sorgfältig genug betrieben, da es ja nur eine Tschetschenin war. Ein Flüchtling aus einem fernen Land, wo noch immer Krieg und Gewalt auf der Tagesordnung standen, aus einem Land, das uns nichts anging. Ein Mensch, der hierzulande niemand nahe stand, hierzulande nicht gebraucht wurde, ein Mensch dritter Klasse eben.

Die Kriminalbeamten zogen ab, die Ermittlungen wurden eingestellt, der Fall als ungelöst abgelegt. Friede zog ein ins Land. Tage und Wochen verrannen in eintöniger Normalität. Kein Mensch sprach mehr von der Toten, alles lief wieder seinen gewohnten Gang. Sein Pulsschlag beruhigte sich ebenso wie seine Herzrhythmusstörungen. Auch der Stuhlgang funktionierte wie einst im Mai. Der Spuk nächtlicher Traumbilder von schwarzen Augen hatte ein Ende. Er versah seinen Dienst wie eh und je, ließ sich weiterhin von seiner kranken Mutter schikanieren und Hohn und Spott seiner Frau von seiner geschundenen Seele abtropfen wie das bösartige Sekret einer Eiterbeule.

Durch Zufall erfuhr er, dass ausgerechnet Rudolf, der ihn nicht mochte und mit dem er nicht konnte, sein neuer Chef werden sollte. Das war deprimierend genug. Ehrlicherweise musste er sich eingestehen, dass er nie echt an seine Chance geglaubt hatte. Er kannte den verlogenen Ehrenkodex der Polizei, konnte sich lebhaft vorstellen, wie die Vorgesetzten bis hinauf ins Landeskommando über ihn und seine Frau sprachen.

„Ein fähiger Beamter, gewiss, ja natürlich auch ein netter Kollege. Lupenreine Dienstbeschreibung, ohne Fehl und Tadel. Aber da ist noch seine Frau, eine Hure (das bleibt natürlich unter uns, ja?), wettbewerbsmäßig männermordend, nicht gut für den Ruf eines leitenden Beamten, da sind wir uns doch einig, nicht wahr, Herr Hofrat?“

So oder ähnlich hörte er sie raunen beim Ausleseverfahren, bei den Sichtungsgesprächen. Auch die, die selbst schon mit ihr ins Bett gestiegen waren, gerade die, würden so reden, ihre Hände in Unschuld waschen. Rudolf kannte diese Probleme nicht. Erstens war er verwitwet, zweitens war er Gewerkschaftsfunktionär, drittens war er skrupellos in seiner Eigenverliebtheit. Er selbst war nur pro forma der Gewerkschaft beigetreten, gleich nach seinem Eintritt in den Polizeidienst, weil es gewünscht wurde und so üblich war.

Diese, zwar noch inoffizielle, aber doch sehr wahrscheinliche Bestellung Rudolfs zum Postenkommandanten holte ihn aus seinen Träumen, dass alles wieder gut werden würde, zurück in das Reich der Realität. Wie sollte er sich verhalten, was sollte er tun? Rudolf würde ihn schikanieren bis zu seiner Pensionierung. Sollte er sich versetzen lassen? Wieder einmal wurde ihm schmerzhaft klar, wie sehr er durch seine häuslichen Umstände gebunden war. Weder konnte er seine Mutter im Stich lassen, noch würde seine Frau einer Scheidung zustimmen. Den Dienst quittieren? Auch das kam nicht in Frage. Man würde ihm ein Drittel seiner Rente streichen, das wollte er auch nicht. Wohl oder übel musste er in den sauren Apfel beißen und weiterhin Dienst an der Grenze schieben, motiviert oder nicht.

Der Herbst zog ins Land und färbelte die Landschaft in den prächtigsten Farben. Die Natur änderte sich, seine Umstände nicht. Wie gewohnt machte er mal mit diesen, mal mit jenem Kollegen seine Kontrollfahrten entlang der Grenze. Vorbei am Erlensumpf, vorbei an dem Granitblock, dem Ort seiner schaurigen Tat. Nie mehr wieder stieg er dort aus, um zu pinkeln.

Ausgerechnet am Allerseelentag brachte der Briefträger einen rosa Brief. Hastig riss er ihn an sich, noch bevor seine Frau, die stets zur Stelle war, wenn der junge, fesche Briefträger kam, ihn sehen konnte. Schob ihn in die Jackentasche, würde ihn erst später öffnen, wenn er wieder alleine war. Plötzlich war es wieder da, das mulmige Gefühl, dass sich auf den Magen schlug, seinen Puls beschleunigte, seine Hände zittern ließ. Er bekam nie rosa Briefe, ahnte unbewusst, dass dieser kein Glück bringen würde, wie es rosa Briefe im Allgemeinen sonst zu tun pflegten. So schnell er konnte, so unauffällig, wie es nur ging, eilte er in sein Zimmer. Erstmals seit vielen Jahren schloss er die Tür hinter sich zu. Die Adresse war wie von Kinderhand geschrieben. Bevor er noch das Kuvert umdrehen, den Absender lesen konnte, kam ihm die Galle hoch, sodass er erbrechen musste. Zittrig zwang er sich, den Brief zu wenden. Instinktiv spürte er, was dort stand. Und es war so. Der Absender lautete auf Tamara Dossidowitsch, Flüchtlingslager Traiskirchen.

Zwanghaft, wie unter Hypnose stehend, riss er den Brief auf. Das ihm bereits bekannte Zeitungsfoto der schönen Schwarzäugigen fiel heraus. Quer über das Bild stand, in Blockbuchstaben unter ihren vorwurfsvoll blickenden schönen Augen „WARUM?" geschrieben. Taumelnd fiel er auf das ungemachte Bett, zog die Steppdecke über sich und schluchzte in den Polster hinein. Wie von Fieberschüben geschüttelt lag er da, ein zuckendes Häufchen Elend, aller Illusionen über ein gutes Ende dieser schaurigen Angelegenheit beraubt.

Eine gute Stunde, vielleicht auch zwei, lag er so dort, unfähig zu denken, unfähig sich zu rühren. So hörte er auch die Stockschläge seiner Mutter nicht, die an seine Türe hallten. Erst als sie laut um Hilfe schrie, besann er sich wieder, sprang auf und eilte zu ihr. Sie rang panikartig nach Luft, er hatte ganz vergessen, ihr zeitgerecht ihre tägliche Pillenration einzuflößen. Rasch holte er ein Glas Wasser und verabreichte ihr die Dosis. Nach und nach kam sie wieder zur Ruhe.

„Wo warst du denn so lange, ich dachte schon meine letzte Stunde hat geschlagen", zischte sie ihm vorwurfsvoll zu.

„Tut mir leid, Mutter, mir war auch gerade nicht gut, deshalb hab ich dich vergessen, aber jetzt ist ja alles wieder gut", beschwichtigte er sie.

„Nichts ist gut, nichts wird jemals wieder gut werden, das Haus ist verhext, so wie du und dein gemeines Eheweib. Glaubst du, nur weil ich sterbenskrank bin, bekomme ich nicht mit, was hier gespielt wird?"

„Beruhige dich doch wieder, Mutter, es kommt schon wieder alles ins richtige Lot, du wirst es schon sehen!"

Sie brummte weiter vor sich hin. „Ich hab doch den Briefträger gehört, hat er mir Post gebracht?"

Sie bekam schon jahrelang keine Post mehr. Alle ihre Verwandten hatten vor ihr das Zeitliche gesegnet. Trotzdem fragte sie immer danach, bekam immer dieselbe Antwort darauf.

„Nein, Mama, du hast keine Post bekommen!"

Sie wurde ruhiger, verkroch sich sogleich apathisch in das Schneckenhaus ihrer Krankheit. Er wartete noch, bis ihre Augen zufielen und sie wieder einschlief. Er kannte diese Symptome, wusste genau, dass sie jeder Energieanfall ungemein schwächte. Leise ging er aus dem Zimmer.

Wieder einigermaßen gefasst, griff er nach dem Foto. Seine Gedanken rotierten. Wer konnte den Brief an ihn gesandt haben? Einer der Flüchtlinge, ein Freund der Toten, ein Verwandter? Sollte er erpresst oder an seine Tat erinnert werden? Kam er von einem Kollegen? Wollte sich jemand mit ihm einen Scherz erlauben? Geschah es aus purer Absicht oder wagte nur irgendjemand einen

Schuss ins Blaue? War es nun so weit, dass er wirklich verdächtigt wurde, hatte ihn doch jemand beobachtet? Hatte er einen Fehler gemacht? Irgendein Beweisstück übersehen? Fragen über Fragen tauchten auf, strapazierten sein Gehirn.

Auf dem wie absichtlich besonders deutlich aufgesetzten Poststempel war klar und deutlich Traiskirchen zu lesen. Er hielt den Zeitungsausschnitt gegen das Licht, konnte aber nichts Besonderes erkennen. Das Foto war mit schwarzem Filzstift beschriftet, Adresse und Absender mit blauem Kugelschreiber geschrieben.

Längst vergessene Angstzustände ergriffen ihn. Schweißgebadet saß er an seinem Schreibtisch, hielt das leere Kuvert immer wieder gegen die Leselampe, als ob er eine Geheimschrift entziffern wollte. Doch da war nichts.

Herrgottnochmal, dachte er, fängt das denn schon wieder an! Werde ich denn nie zur Ruhe kommen? Wie schon so oft verfluchte er diesen ominösen Tag, an dem er in den Wald gefahren war, um Pilze zu suchen. War ihm dieser Tag bestimmt, lang schon vorher aufgesetzt worden? Waren da irgendwelche dunkle Mächte im Spiel, hatten bösartige Dämonen damals von ihm Besitz ergriffen? Warum hatte er gerade dort sein müssen, als die Horde über die Grenze kam? Warum war sie alleine durch den Wald gehetzt, weit weg von den anderen? Warum war sie ausgerechnet ihm vor die Füße gelaufen, wo er gerade wieder eine Krise wegen seiner Frau erlebte? War sie seine Bestimmung, war er ihre Bestimmung? Warum, warum, warum?

Die Fragen wurden immer mehr, die Antworten weniger. Was sollte er nun tun? Wie schon so oft, nahm er auch jetzt wieder einen Block und begann zu schreiben. Suchte nach Alternativen, Möglichkeiten, Lösungsvorschlägen, was er nun unternehmen sollte. Letztendlich fand er zwei Szenarien. Die eine Möglichkeit war, der Sache kriminalistisch auf die Spur zu kommen, nach Traiskirchen zu fahren, Nachforschungen anzustellen ob Freunde oder Bekannte

Tamaras sich noch im Lager befanden. Den Briefschreiber auszuforschen, ihn zur Rede stellen. Doch diese Vorgangsweise würde erst recht Verdacht erregen. Offiziell war der Akt geschlossen worden, er würde Erlaubnis einholen müssen, um mit den Insassen sprechen zu können. Man würde ihm Fragen stellen, ob er ein privates Interesse an der Aufklärung des Mordes hatte, mit der Toten bekannt war. Er kannte zwar den Lagerleiter persönlich, da er schon einige Male Flüchtlingstransporte nach Traiskirchen überstellt hatte. Doch er konnte und durfte die Ermittlungen nur als Privatmann betreiben und würde dadurch vor verschlossenen Aktenschränken und Archiven stehen, niemand würde ihm Einsicht gewähren, er kannte die Dienstvorschriften genau. Er durfte und wollte aber auch nicht einen Privatdetektiv mit der Ausforschung beschäftigen. Auch dieser würde sich Gedanken machen und sein Wissen vielleicht erpresserisch anwenden. Diese Möglichkeit verwarf er sofort, sie war unsicher und barg vielerlei Gefahren.

Die zweite Möglichkeit, die er letztendlich als sinnvoll betrachtete, war die, einfach abzuwarten, was weiter geschah. So tun, als ob nichts geschehen wäre, niemals eine Tamara Dossidowitsch seinen Weg gekreuzt hätte. Weiterleben in der Normalität des Alltags.

War sein Alltag überhaupt normal? Seine Lebenssituation, mit den beiden Frauen am Hals? Sein verabscheuenswertes Kriechertum, sein Hass gegen seine Mutter, seine Frau, gegen sich selbst. Diese verdammten Weiber waren schuld an seiner misslichen Lage. Sie hatten ihn zu dieser Tat getrieben. Er wandelte am Rande des Wahnsinns, rannte in der Enge seines Zimmers im Kreis herum, wütend aufstampfend. Drosch mit den Fäusten gegen die Wand, spuckte seinem Spiegelbild ins Gesicht, war entgegen seiner gerade erst erworbenen Einsicht meilenweit weg von der Normalität.

Krampfhaft zwang er sich zur Ruhe. Spannte seine Muskeln an, regulierte den Atem. Zog sich um, geradeso, als ob er mit der Kleidung seine Unbill, seine erdrückende Last abstreifen wollte. Krachend fiel die Tür ins Schloss, als er das Haus verließ. Holte sein Fahrrad aus der Garage, radelte in die Stadt und eilte schnurstracks in die Kirche.

Lange saß er im Halbdunkel auf der harten Kirchenbank, unfähig irgendeinen Gedanken zu fassen, ein Gebet zu sprechen. Wusste nicht, wo und wie er beginnen sollte, war schon so lange nicht mehr hier gewesen. Vergrub sein Gesicht in beide Hände, spürte seine Tränen zwischen den Fingern durchsickern. Fasste sich wieder, kramte sein Taschentuch aus der Hosentasche hervor, fuhr sich damit über das nasse Gesicht. Plötzlich fielen gebündelte Sonnenstrahlen durch das hohe Fenster des Presbyteriums, streiften über die granitenen Bodenplatten den Hauptaltar hoch, tauchten das zärtlich blickende Antlitz der Heiligen Maria von Fatima in gleißende Helle. Wie gespannt starrte er auf diese Mandorla mystischen Lichts. Ein Ruck ging durch seinen Körper, ein Zucken seiner blank gelegten Nerven. Mit einem Male fühlte er sich wohler, spürte ungeahnte Wärme in ihm hochsteigen.

Die Muttergottes hatte ihm ein Zeichen gesandt, nun war er bereit zu beten. Andächtig langsam faltete er seine Hände, murmelte leise ein „Gegrüßet seist du Maria“ vor sich hin. Noch eines und noch eines, gefolgt von einem Vaterunser. So weit er sich zurück erinnern konnte, hatte er das letzte Mal bei seiner Erstkommunion so inbrünstig gebetet. Er stand auf, ging rasch zum Hauptaltar und kniete nieder zu einer stummen Zwiesprache mit der Jungfrau Maria.

„Heilige Muttergottes, ich habe schwere Schuld auf mich geladen, ich ersuche dich um deinen Trost. Ich habe einen Menschen getötet, mich an einer Frau vergangen, die ich nicht kannte, nie zuvor gesehen habe. Es war keine Absicht dahinter, es ist einfach passiert, in einem unbedachten Augenblick habe ich die Kontrolle über mich verloren. Bitte vergib mir, reinige mich von meiner Schuld.“

Mit Tränen in den Augen beichtete er der heiligen Frau seine Schuld. Erzählte ihr von seiner Seelenpein, seinen Demütigungen durch seine Frau, der Tragödie seines Lebens. Von seiner fast schon hündischen Liebe zu seiner Mutter, für die er kochte, die er pflegte, badete, deren Kot er entsorgte, wenn sie in ihr Bett machte. Von dienstfreien Nächten, in denen er nicht ausschlafen konnte, weil sie wusste, dass er da war und so über seine Zeit verfügen konnte, wann immer sie wollte. Eine halbe Stunde wohl kniete er vor dem Hochaltar und reinigte seine Seele, andächtig in sich selbst versunken.

„Was ist denn los mit Ihnen, Herr Inspektor, sie weinen ja, ist was mit Ihrer Mutter?"

Erschrocken fuhr er herum, er hatte nichts gehört in seiner Versunkenheit, keine Tür, keine Schritte. Die Frau des Mesners war es, die ihn ansprach. Er kannte sie natürlich, so wie er alle kannte in der kleinen Stadt. So wie wiederum ihn alle kannten. Sie stand keine zwei Schritte hinter ihm, einen Korb voll mit Blumen in der Hand, die als Altarschmuck bestimmt waren.

„Nein, nein, es ist alles in Ordnung, so wie immer halt. Ich war nur so in trübe Gedanken vertieft, hab Sie gar nicht gehört, Sie haben mich direkt erschreckt!"

Er versuchte zu lächeln, wischte sich verlegen die Augen trocken, schämte sich, in dieser Situation gesehen zu worden sein. Hastig wandte er sich um, rannte schwer atmend dem Ausgang zu. Typischerweise hatte sich die Frau nach seiner Mutter erkundigt, da sie, so wie die anderen Bewohner des Städtchens auch, wusste, dass sie schwer krank war und er sie pflegte. Alle wussten es und er galt in den Augen der meisten als Märtyrer. Weil sie auch seine Frau kannten, Bescheid wussten bezüglich ihrer wahllosen Männerbekanntschaften, tat er ihnen leid. Die Mehrheit der Frauen war auf seiner Seite. Bei den Männern lag die Sachlage anders. Für die war er ein Schlappschwanz, der sein ihm angetrautes Eheweib nicht in den Griff bekam, ein Muttersöhnchen, das sich von seiner Mutter nicht lösen konnte. Dochte niemand wagte es, seine Meinung offen kundzutun. Denn in seiner Uniform war er eine Macht. Obwohl er die meiste Zeit an der Grenze Dienst versah, so hatte er schon eine beträchtliche Anzahl an Führerscheinen einkassiert. Diesbezüglich galt er als harter Hund, der absolut keine Gesetzesverletzung duldete.

Draußen lehnte er sich an die Kirchenmauer und schloss die Augen. Spannte seine Muskel an, zwang sich, dabei ruhig zu atmen und suggestierte sich mit seiner altbewährten Ruheformel.

„Ich bin ganz ruhig, ich bin ganz ruhig, ich werde alle meine Probleme meistern, es wird alles wieder gut werden!"

Immer wieder, beinahe schon gebetsmühlenartig, wiederholte er diesen Satz, sprach nur mit sich selbst. In diesem kurzen, glückhaften Augenblick kam er wieder zu Sinnen. Es war ihm egal, ob ihn dabei wer beobachte oder nicht. Seine Aussprache mit der Gottesmutter hatte ihm wieder Kraft und Mut gespendet, er betrachtete sie als Akt der Selbstbefreiung. Sie hatte ihn verstanden, die Umstände akzeptiert, die ihn zu seiner schrecklichen Tat angetrieben hatten.

Der Stundenschlag der Turmuhr riss ihn aus seinen Gedanken. Zwölfmal, es war Mittagszeit, Essenszeit. Eigentlich sollte er jetzt zuhause sein, der kranken Mutter das Essen herrichten. Doch er wollte und konnte nicht. Sollte sie doch selbst einmal sehen, wie sie ohne ihn über die Runden kam, sollte sie nach seiner Frau schreien, wenn sie Hunger hatte. Verdammt noch einmal, er war kein kleines Kind mehr, wollte sein eigenes Leben leben, nicht immer fremdbestimmt sein.

Trotzig warf er den Kopf in die Höhe, blinzelte in die hoch stehende Sonne und fasste einen bahnbrechenden Entschluss. Er musste sich häuten, Altlasten abwerfen, befreien von Zwängen und Ängsten, wieder er selbst sein. Griff nach seinem Rad, fuhr die paar

Meter zum Gasthaus, bestellte sich eine Leberknödelsuppe, ein Schnitzel mit Erdäpfelsalat und als krönenden Abschluss eine Malakofftorte. Nun fühlte er sich wohler. Als sein Handy piepste, zog er es aus der Brusttasche und stellte es ab. Warf nicht einmal einen Blick auf das Display, es war ihm vollkommen egal, wer angerufen hatte, er war nicht erreichbar! Der Wirt warf ihm einen erstaunten Blick zu, konnte sich gar nicht daran erinnern, wann er den Inspektor zum letzten Mal in seinem Gasthaus gesehen hatte.

- 10 -

Eine Woche verging, eine zweite, eine dritte. Nichts geschah. Alles lief so wie immer. Er spürte eine gewisse Unruhe, wollte nicht wahrhaben, dass die Sache ausgestanden sei. Und es kam so, wie er es insgeheim befürchtet hatte. In der vierten Woche war wieder ein rosa Brief in der Post, ausgerechnet an dem Tag, als er einen Vierundzwanziger hatte. Als er am späten Abend müde vom Dienst heimkam, passte ihn seine Frau im Stiegenhaus ab. Hielt den ominösen Brief in der Hand, er wusste sofort, was es geschlagen hatte.

Sie hatte ihn aufgerissen, hielt das Zeitungsfoto der Tschetschenin in der Hand.

„Das ist doch die, die euch an der Grenze durch die Lappen gegangen ist und nun gesucht wird, oder“, herrschte sie ihn an. „Diese vermisste Tschetschenin, wo ist sie, hast du sie etwa versteckt? Ist sie dein Liebchen, die du irgendwo aushältst? Was soll das Warum quer über dem Bild? Warum schickt man ausgerechnet dir so einen Brief, will man dich damit erpressen, hast gar du diese Frau um die Ecke gebracht?“

Sie kicherte wie eine Irre, ihr Gesicht war verzerrt, ihre Augen irrlichterten unstet, als würde sie unter Drogen stehen. Sie forderte ihn heraus, hielt ihm das Gesicht hin, als ob sie darauf warten würde, dass er sie schlage.

Er aber ließ sich nicht provozieren, hatte sie noch nie geschlagen. Streckte die Hand fordernd nach dem Brief aus. Widerstandslos reichte sie ihm diesen, spie ihm ihre ganze Verachtung ins Gesicht und stampfte die Stiege hinauf in ihre Wohnung.

Ihn ekelte. Vor ihr, vor sich selbst. Er wischte sich den Speichel vom Gesicht, eilte in sein Zimmer, riss sich die Kleider vom Leibe und ging unter die Dusche. Stellte sich vor, wie mit dem warmen Wasser auch all seine Probleme abtröpfelten und durch den Ablauf rannen, irgendwohin, weit, weit weg. Lange starrte er dem Wasser nach, bis auch der letzte Tropfen weggespült war.

Es war ihm bewusst, dass dies nur eine Illusion war, sein konnte, die Realität sah anders aus. Noch immer hörte er das irre Kichern seiner Frau im Stiegenhaus. Zu allem Überdruss schlug nun auch seine Mutter mit ihrem Stock an die Wand, rief ihren Bubi zu sich. Wie angewurzelt stand er splitternackt im Badezimmer, den Blick starr auf die scheußlich altrosa geflieste Wand vor ihm geheftet. Verwünschte sich selbst. Den Tag, an dem er geboren wurde, seine Mutter, seine Frau, seinen Beruf, die schöne Tschetschenin. Was wäre, wenn ...?

Angstgetrieben, wie unter dem Zwang eines bösen Hexenblicks kehrte er wieder in die Realität zurück. Es nützte alles nichts, er musste sich dem Alltag stellen, sich eingestehen, dass sein Leben verpfuscht war und er seinen Problemen nicht davonlaufen konnte. Seufzend seine geschundene Seele auf Händen tragend, kehrte er in die Wirklichkeit zurück. In seine Wirklichkeit, wie grausam sie auch sein mochte.

Nun änderte er seine Taktik. Besorgte sich eine Pinnwand und befestigte darauf alle Zeitungsausschnitte über das Verschwinden Tamaras, den rosa Briefumschlag mit dem letzten Foto und Kopien aller Protokolle über die Suche nach der Vermissten. In einem unbewachten Augenblick war es ihm schließlich doch noch gelungen, den betreffenden Akt zu kopieren. Die Ermittlung befasste sich mit dem spurlosen Verschwinden der Tschetschenin, Mord war nur eine von mehreren Möglichkeiten, welche ins Auge gefasst wurden. Oft schon genug wurden solche Mädchen Jahre später erst aufgegriffen, als Prostituierte, Barfrauen oder Nachtklubtänzerinnen, von ihren Sklavenwärtern mit neuer Identität versorgt.

Warum er diesen Weg nun einschlug, wusste er nicht. Tagtäglich wenn er aufstand, fiel sein erster Blick auf die Pinnwand. Dabei sah er der Toten in ihre schönen schwarzen Augen, geradeso, als ob er sie hypnotisieren, wegzaubern wollte. Ihre Identität rauben, zerstören, weglöschen, so, als ob es sie nie gegeben hätte.

Der tägliche Blick in ihre Augen visualisierte ihm im Laufe der Zeit dieses Wunschbild, änderte seinen Bewusstheitszustand in einen Traum. Alles war nur ein Traum gewesen, das Produkt einer irren, nicht realen Vorstellung. Ein so guter, gewissenhafter Polizist wie er, konnte doch kein Vergewaltiger, kein Mörder sein! Nie im Leben würde er zu einem Gesetzesbrecher, zu einem Verbrecher werden! Freilich hatte auch er von solchen Übergriffen durch Polizisten gehört, die auf die schiefe Bahn kamen. Wenn man im täglichen Leben ständig mit Gewalttaten zu tun hatte, so stumpfte man ab, bis man die Distanz dazu verlor und sie als beinahe schon selbstverständlich ansah. Doch ihm würde so etwas nicht passieren, nie und nimmer. Er war ein Meister der Selbstbeherrschung, hatte sich stets in der Gewalt, wusste genau, was er tat. Hatte er dies nicht oft schon bewiesen, in seiner tristen Alltäglichkeit mit Frau und Mutter? Oft genug schon hatte er alles hinwerfen, von zuhause weglaufen wollen. Doch er hatte Verantwortung übernommen und musste sie tragen bis zur letzten Konsequenz.

Auch in seinem Beruf hatte es schon so manche Situation gegeben, wo ein Kollege die Nerven weg schmiss, er alleine die Situation bereinigte, da er stets einen kühlen Kopf bewahrte, sich nie von irgendwelchen Emotionen hinreißen ließ. Dafür war er im Kollegenkreis bekannt, er „der Unbestechliche", der sich immer im Griff hatte, nie die Beherrschung verlor.

So beschloss er eines Tages, dass Tamara Dossidowitsch keine reale Person war, dass es sie nie gegeben hatte, er ihr nie begegnet war. Folgedessen konnte er sie auch nie vergewaltigt und erstickt haben. Der tägliche Blick in ihre schönen Augen erhöhte nicht etwa sein Schuldbewusstsein, sondern ließ diese unheilvolle Begegnung im Morgengrauen verblassen. Je öfter, je länger er sie ansah, desto mehr verdrängte er die Tat. Das Foto der Toten, so wie er es sah oder sehen wollte, gewann immer mehr an Unschärfe, löste sich in seiner Hirnwelt auf, löschte die schmerzhaft eingeprägte Denkschablone in seinem Kopf. Fast manisch steigerte er sich in diesen Zustand hinein, bis er hundertprozentig von seiner Unschuld überzeugt war. Zum krönenden Abschluss dieser seltsamen paranoiden Bewusstseinsänderung ging er wieder in die Stadtpfarrkirche, kniete vor dem Gnadenbild der Muttergottes nieder und berichtete ihr von seiner Unschuld. Fortan weigerte er sich, jemals wieder auch nur einen Gedanken an seine verbrecherische Tat zu verschwenden. Er riss die Pinnwand von der Wand und warf sie in den Restmüllcontainer. Als drei Tage später die Müllabfuhr kam, sah er voller Spannung und Genugtuung zu, wie der Inhalt des schwarzen Containers entleert wurde. Der Fall war abschlossen, ad acta gelegt, alles würde wieder gut werden!

Pünktlich um sieben Uhr morgens trat er gut gelaunt und erstmals seit langem wieder ausgeschlafen seinen Tag/Nacht-Dienst an. Verwundert nahmen die Kollegen seine offensichtliche Gemütsveränderung wahr. Den ganzen Tag über war er allerbester Stimmung und glänzte mit witzigen Pointen. Doch das sollte sich rasch, allzu rasch ändern.

Sein Dienst endete wiederum um sieben Uhr morgens. Ohne große Eile fuhr er heim. Kochte Kaffee, strich seiner Mutter ihre beiden Butterbrote, berichtete ihr kurz, was sich getan hatte und ging in sein Zimmer, um ein paar Stunden auszuschlafen. Er zog sich aus und ging zu Bett. Er war müde, wollte nur mehr schlafen und sonst nichts. Doch sein Unterbewusstsein hatte eine Veränderung im Raum registriert und verarbeitet, ließ ihm keine Ruhe. Nach einer Stunde unruhigen Sich-hin-und-herwälzens wachte er schweißgebadet auf. Sein erster Blick fiel auf das Stück Wand über seinem Schreibtisch. Wie von einer Tarantel gestochen fuhr er auf und starrte fassungslos auf die Pinnwand, die plötzlich wieder dort hing. Unversehrt, mit all den Fotos und Zeitungsartikeln.

Er konnte, wollte und durfte es nicht glauben. Er selbst hatte sie abgenommen und in den Restmüllbehälter gesteckt, von seinem Zimmerfenster aus miterlebt, wie die Müllmänner diesen entleerten! Wie von einer Horde wilder Teufel gehetzt sprang er aus dem Bett, stolperte schlaftrunken ins Bad und übergab sich. An Schlaf war nicht mehr zu denken. Unfähig, einen klaren Gedanken zu fassen, ging er unter die Dusche. Reinigte sich von Schuld und Sünde. Anfänglich so heiß, wie er konnte, dann minutenlang eiskalt, bis ihn die Kälte schmerzte. Er begrüßte diesen Schmerz, der tief in seine abgestumpfte Seele drang und die längst verheilt gedachte Wunde wieder aufriss. Schonungslos peinigte er seinen Körper.

Lädierte mit dem Badetuch seine Haut, bis sie rotgerieben, fast wund war. Suchte förmlich den physischen Schmerz, um den psychischen niederzukämpfen. Wie ein Besessener malträtierte er seinen Körper, wie ein sizilianischer Geißler bei der Karsamstagsprozession. Mit masochistischer Präzision quälte er sich, Zentimeter für Zentimeter, bis er vor Schmerz und Wut laut aufschrie.

Nach und nach kam er zur Ruhe. Zog seinen bequemen Freizeitanzug an, der an Knien und Ellbogen schon oftmals gestopft, ihm aber im Laufe der Jahre zu einer zweiten Haut geworden war. Nun, da er wieder seine innere Ruhe gefunden hatte, untersuchte er die Pinnwand. Nur an der Rückseite war ein grauschwarzer Fleck zu sehen, wahrscheinlich von der Asche im Container. Das Foto und die Zeitungsausschnitte waren unversehrt geblieben, mit bunten Pinnnägeln von ihm an den Kork geheftet.

Wer, so grübelte er, könnte ihm diesen Streich gespielt haben. Was steckt dahinter? Sollte er erpresst werden, waren Absender des Fotos und die Person, die die Tafel wieder montiert hatte, ident? Wer verdächtigte ihn, mit dem Verschwinden Tamaras etwas zu tun zu haben? Seine Mutter konnte es nicht sein. Seine Frau? Der war es am ehesten zuzutrauen, sie verachtete ihn, hatte außerdem den rosaroten Brief geöffnet, den zweiten. Doch sie hatte keinen Schlüssel, konnte nicht in das Zimmer. Es gab zwei davon, einen trug er an seinem Schlüsselbund, den zweiten hatte er sicher versteckt. Rasch zog er einen Sessel unter den Lampenschirm, stieg darauf, ob der Schlüssel noch an der Oberseite klebte. Er war da, an der richtigen Stelle, das Klebeband unversehrt. Blieb nur noch das Fenster. Akribisch genau untersuchte er es. Da waren einige Kratzer zu sehen, doch er war sich nicht sicher, ob es diese auch vorher schon gegeben hatte. Es waren altmodische Kastenfenster, die ein versierter Einstiegdieb leicht öffnen konnte, die Möglichkeit, dass der Eindringling hier hereingekommen war, sehr groß. Doch kein Mensch wusste von dieser Pinnwand, er hatte sie über einen Versandhandel bestellt und selbst von der Post abgeholt. Niemand außer ihm hatte das Zimmer in letzter Zeit betreten. Er war sich hundertprozentig sicher, immer abgesperrt zu haben.

Die Müllmänner, schoss es ihm durch den Kopf! Vielleicht hatte einer davon die Pinnwand im Behälter gesehen, bevor er diesen der Presse im LKW überantwortete, hatte sie herausgenommen, um sie seinen Kindern zu bringen und hatte erst später entdeckt, welchen Fund er gemacht hatte. Diese Möglichkeit war nicht auszuschließen, die Frage war nur, welches Interesse der Müllmann haben konnte. Das Verschwinden der Flüchtigen war zu jener Zeit, ein, zwei Tage Gesprächsstoff im Ort an der Grenze gewesen. Doch im Grunde scherte sich kein Mensch hier um eine vermisste Tschetschenin, auch war es jedermann egal, ob sie tot oder lebendig war. Nein, es musste jemand sein, der ihn verdächtigte und über den Hergang der Umstände und die Ermittlungen Bescheid wusste. Wie immer, wenn er scharf nachdachte, um irgendein Problem zu lösen, nahm er auch jetzt ein Blatt Papier zur Hand und kritzelte alles darauf, was ihm so gerade dazu einfiel. Wer von seinem Krankenstand an jenem verhängnisvollen Tag wusste, wer bei der Patrouille war, die die Flüchtlinge aufgriff, wer die Ermittlungen leitete, wer sich ihm gegenüber seit damals auffällig verhielt, undsoweiterundsofort. Sein Verdacht fiel in erster Linie auf Rudolf, seinen Erzfeind. Nur auf ihn trafen all diese Parameter zu.

Rudolf, natürlich, nur Rudolf konnte es gewesen sein! Dieser hätte zweifellos die Nerven und die Fähigkeiten, um in sein Haus einzudringen. Doch wie sollte er von der Pinnwand wissen und auch davon, dass er diese im Restmüllbehälter entsorgt hatte? Wie kam die Pinnwand unversehrt aus dem Müllwagen heraus, dessen hydraulische Presse doch erbarmungslos alles zerquetschte, was ihr in den Weg kam? Fragen über Fragen tauchten auf, die ihn kopflos machten. Dabei war alles in Ordnung gewesen, die Tat aus seinem Hirnkasten verdrängt. Er hatte sich in Sicherheit gewogen, doch diese war trügerisch gewesen, wie er nun feststellen musste. Irgendwo gab es eine Lücke, eine Schwachstelle. Es war ihm klar, dass er für die Tatzeit kein Alibi hatte. Seine Frau und seine Mutter hatten zwar gehört, wie er um vier früh aus dem Haus ging. Ob er nun tatsächlich Schwammerlsuchen war oder nicht, konnte er nicht beweisen. Keiner hatte ihn gesehen, niemand war ihm im Wald begegnet. Der Umstand, dass er keine Pilze nach Hause brachte, war nicht bedenklich, denn an manchen Tagen hatte man eben kein Glück. Klar war, dass er für die Zeit zwischen vier und sechs Uhr morgens kein Alibi hatte. Genau zu dieser Zeit aber wurden die Tschetschenen gefasst. Seine einzige Chance war, dass Leiche nicht gefunden wurde.

Er grübelte und grübelte, was er unternehmen sollte. Die Leiche an einen anderen Platz zu bringen, schien ihm zu riskant. Wo gab es einen besseren Platz, eine hundertprozentige Entsorgungsmöglichkeit? Nirgendwo! Außerdem hatte die Kriminalpolizei die Ermittlungen abgeschlossen, kein Mensch würde auf Idee kommen, die alte Bruchbude abzusuchen. Eine Wiederaufnahme der Suche war auszuschließen.

Deshalb konzentrierte er sich auf die Suche nach der Person, die ihm die beiden Briefe sandte und die Pinnwand wieder in sein Zimmer brachte. Er begann mit Rudolf. Kopierte seine Dienstbeschreibung, seinen Dienstplan für die nächsten Tage. Fuhr so unauffällig wie möglich bei seinem Haus vorbei, versuchte krampfhaft, mit Nachbarn und Bekannten Rudolfs in Kontakt zu treten. So unauffällig wie nur möglich, holte er Auskünfte über Rudolf ein. Doch außer den ortsüblichen zwischenmenschlichen Problemen, die das Zusammenleben in der Kleinstadt seit jeher prägten, kam nicht viel dabei heraus. Rudolf war alleinstehend und allein schon die Tatsache, dass er Polizist war, machte ihn nicht unbedingt beliebt. Doch mit dieser Situation war auch er bestens vertraut. Ein Polizist hatte nicht viele Freunde. Polizisten blieben meist unter sich, litten am so genannten „Kleinstadtsyndrom". Dort wo jeder jeden kannte, jeder über jeden alles wusste, wurden Polizisten als notwendiges Übel zwar akzeptiert, selten jedoch respektiert. Irgendwer war immer böse auf dich. Weil du ihm den Führerschein abgenommen, ein paar Euro Strafe aufgebrummt hast wegen geringfügiger Parksünden. Weil aber jeder mit jedem verwandt war, war die ganze Sippschaft auf dich böse. Als Hüter des Gesetzes wurde man ständig misstrauisch beäugt, auf Schritt und Tritt beobachtet. Polizistenkinder spielten mit Polizistenkindern, Polizistenfrauen gingen mit Polizistenfrauen ins Kaffeehaus. Polizist zu sein in einer Kleinstadt war ein lebenslanger Spießrutenlauf. Wenn du einen Lehrer bestrafst, bekommen es deine Kinder in der Schule zu spüren. Bürgermeister, einflussreiche Stadt- und Gemeinderäte waren eben so sacrosankt wie Gemeindearzt, Pfarrer, Apotheker und Bankdirektoren. Auch wenn du hundertmal im Recht warst, wurde dir übertriebenes Pflichtgefühl als absolut unnotwendig attestiert. Ein Polizist trug nicht nur die Amtskappe, sondern auch das Kainsmal auf der Stirn, war gebrandmarkt bis in alle Ewigkeit. Junge, übereifrige Kollegen, die zu Beginn ihrer Karriere meinten sich überall durchsetzen zu müssen, mussten oft genug bitteres Lehrgeld zahlen. Besonders dann, wenn sie einem hochrangigen Politiker oder auch nur einem kleinen Bürgermeister den Führerschein abnahmen, zerplatzte ihre naive Illusion, dass das Recht für alle gleich war wie ein bunter Luftballon. Dann gab es interne Abmahnungen und oft genug auch Versetzungen, irgendwo weit weg vom Schuss.

So gut es ging, holte er also nun Auskünfte über Rudolf ein. Er war sich nicht sicher, ob er diese jemals benötigen würde. Doch sollte es sich herausstellen, dass Rudolf irgendetwas über den Mord wusste, dann wollte er gewappnet sein, Trümpfe gegen einen Erpressungsversuch in der Hand zu haben. Bisweilen hatte er jedoch in Rudolfs Vergangenheit noch keinen Schatten gefunden. Dennoch würde er weiterhin seine Augen offen halten. Denn mittlerweile war ihm bewusst, dass sein Feind nicht nur im eigenen Haus, sondern auch in Kollegenkreisen zu finden war. Fortan schwor er sich, Rudolf gegenüber noch vorsichtiger zu sein.

Außer Rudolf sprach auf der Dienststelle kein Mensch mehr über die Suche nach der Vermissten. Man hatte den Fall als nicht geklärt abgelegt. Das Misstrauen ihm gegenüber war ebenfalls wie weggewischt, er fühlte sich unbeobachtet. Der Dienstalltag hatte sich wieder normalisiert, er wurde wie eh und je zum Dienst eingeteilt, kein Mensch schaute ihm bei der Erledigung des Papierkrams in der Kanzlei mehr auf die Finger. Alles ging seinen gewohnten Gang. Flüchtlinge kamen nach wie vor über die „grüne Grenze“. Der Anteil der Tschetschenen und Georgier war zurückgegangen, der der so genannten „Exoten“ angestiegen. Neuerdings trieben sogar mongolische Schlepperbanden an der Grenze ihr Unheil. In manchen Nächten rührte sich rein gar nichts, in anderen kamen gar drei, vier Gruppen über die Grenze. Immer wieder gab es das gleiche Procedere. Einsammeln, festnehmen, auf den Posten bringen, Kaffee und Wurstsemmel holen, auf den Dolmetsch warten, verhören, Personalien erfassen, den Transport nach Traiskirchen ins Lager organisieren. Verstockte, verwegen dreinblickende Männer, stumm vor sich schluchzende Frauen, heulende Kinder. Angstvoll, halbverhungert, ohne Mittel und Perspektiven für die Zukunft.

Doch nicht nur harmlose Flüchtlinge gingen ins Netz. Manchmal auch Kriminelle, den Kofferraum voll mit Einbruchswerkzeug und Diebsgut, Schmuggler, stangenweise Zigaretten in Geheimverstecken ihrer Fahrzeuge. Autoschieber, Menschenschlepper, Mädchenhändler, Drogenkuriere, Waffenhändler.

Am frechsten agierten die Schlepperbanden. Sie waren kreativ, ließen sich die ausgefallensten Verstecke einfallen, die oft erst nach langem Suchen ausfindig gemacht werden konnten. Holzkisten mit zusammengepferchten Flüchtlingen, versteckt unter LKW-Ladungen.

Oft musste er staunen, wie immer raffinierter die Methoden der Schmuggler wurden. Es war fast unmöglich, die „grüne Grenze" hundertprozentig zu kontrollieren. Dazu wären mehr Beamte nötig gewesen, außerdem war man auf eine gut funktionierende Zusammenarbeit mit der tschechischen Grenzpolizei angewiesen. Deshalb wurde auch die Äußerung der Ministerin, nach der Schengenerweiterung 3000 Polizisten aus dem Grenzraum abzuziehen, kopfschüttelnd von der Exekutive als blanker Hohn betrachtet. Denn, so argumentierte man, würden solche Signale für eine unnötige Verunsicherung der Bevölkerung an der Grenze sorgen und kriminelle Organisationen geradezu ermutigen. Auch Terroristen hätten dann leichtes Spiel, ungehindert in das Land zu kommen.

Obschon er sich über diese Probleme im Klaren war, berührten sie ihn nur am Rande. Seine Gedankengänge kreisten um seine Tat, um die Leiche Tamaras im stinkenden Heu.

Er nützte jede sich bietende Gelegenheit für seine Erkundigungen. Endlich konnte er auch in die Ermittlungsprotokolle einsehen.

Zu Tode erschrocken entdeckte er eine handschriftliche Notiz, eher eine Randbemerkung, mit seinem Namen und der Bezeichnung „Krankenstand“ mit einem großen Fragezeichen dahinter. Zwei Wörter nur, aber von entscheidender Bedeutung. Da sie nur mit Bleistift geschrieben waren, drängte sich in einem Innersten der Gedanke auf, diese schlicht und einfach wegzuradieren, auszulöschen, so, wie er für ein paar glückliche Tage und Wochen die Erinnerung an diese Tat aus seiner Erinnerung löschte. Doch das würde ihn erst recht verdächtig machen. Schweren Herzens entschied er sich dagegen. Auch diesen Akt kopierte er. Er war nicht besonders dick, konzentrierte sich auf die Vernehmung von Tamaras Fluchtgefährten und die Aussagen der diensthabenden Beamten bei der Ergreifung der Flüchtlinge. Keiner hatte Tamara bei ihrem Grenzübertritt gesehen, keiner wusste, wo sie hingekommen war. Auch die Nachforschungen im Flüchtlingslager und die Erkundigungen in den von Tschetschenen kontrollierten Nachtlokalen ergaben keine brauchbaren Hinweise. Es schien, dass sie buchstäblich vom Erdboden verschluckt worden sei. Oder von altem, stinkendem Heu, dachte er verbittert und sorgenvoll.

Am nächsten freien Tag ging er in das Papiergeschäft am Hauptplatz, um einen Ordner zu kaufen. Als er vor dem Regal stand, hörte er von hinten eine wohl bekannte Stimme.

„Brauchst leicht einen Ordner, musst was einordnen? Ich hab mir das schon lange abgewöhnt, ich piek alles auf eine Pinnwand, da hab ich jederzeit den absoluten Überblick!“

Er erstarrte zur Salzsäule. Sein Herz begann zu rasen. Ohne sich umzudrehen wusste er, dass es Rudolf war. Ohnmächtig langsam drehte er sich um, spürte, wie ihm das Blut in den Kopf schoss. Ging in die Offensive.

„Das kann dir doch egal sein, wo ich etwas einordne, oder?“ Rasch wollte er an seinem Rivalen vorbeischlüpfen. Doch der hieb ihm seine mächtige Pranke auf die Schulter, hielt ihn zurück.

„Wer wird denn gleich so grantig sein, ich hab's doch nicht bös gemeint! Bist heut schlecht aufglegt? Hast vielleicht gar ein schlechtes Gewissen? Ha, ha.“ Feixend grinsend blickte er ihn an.

Ihm wurde abwechselnd heiß und kalt. Entwand sich dem festen Griff des Kontrahenten, ging zur Kassa, eilte grußlos aus dem Geschäft. Lief die paar Schritte zum Kaufhaus und blieb in der Eingangspassage stehen. Durch das Glas konnte er den Eingang des Papiergeschäftes beobachten. Es dauerte keine fünf Minuten. Rudolf kam heraus, blieb am Gehsteig stehen, blickte um sich. Achselzuckend ging er in die entgegengesetzte Richtung.

Langsam ging er ihm nach, immer dreißig, vierzig Meter Abstand lassend. Raschen Schrittes strebte Rudolf dem Parkplatz außerhalb der Kurzparkzone zu. Startete seinen stahlblauen Peugeot und fuhr weg.

Lange starrte er ihm nach, bis die Rücklichter klein wurden und schließlich verschwanden. Noch immer schweratmend setzte er sich auf die Parkbank vor dem Rathaus. Hatte ihn Rudolf verfolgt, oder war es nur ein zufälliges Aufeinandertreffen? Was sollte die Anspielung auf die Pinnwand? Geschah diese bewusst, oder ebenfalls zufällig? Gab es so viele Zufälle auf einmal?

Seine Gedanken gingen im Kreis. Plötzlich überkam es ihn siedendheiß, er zuckte zusammen. Seit drei Wochen schon, so fiel es ihm ein, hatte Rudolf den gleichen Dienstplan wie er. Hatte er Dienst, hatte auch Rudolf Dienst. Hatte er frei, hatte auch Rudolf frei. Anfänglich war ihm dies nicht aufgefallen, doch nun begann es ihm zu dämmern. Seine schlimmsten Befürchtungen waren wahr geworden – man misstraute ihm noch immer! Steckte einzig und allein Rudolf hinter der Sache, spielte er Privatdetektiv, oder handelte er auf Befehl von oben? Als sein Schatten? Sein Überwacher? Sein Kontrolleur?

So musste es sein, nur so konnte es sein! Es fiel ihm wie Schuppen von den Augen. Rudolf war auch der Urheber der beiden rosa

Briefe, Rudolf hatte ihn beobachtet, wie er die Pinnwand in den Restmüllbehälter warf, hatte sie wieder herausgenommen, war heimlich in sein Haus eingedrungen und hatte die Tafel in seinem Zimmer erneut angebracht.

Von Panik getrieben eilte er nach Hause. Holte seine Werkzeugkiste aus dem Keller und verschraubte die Fensterflügel mit dem Rahmen, so dass man sie von außen nicht mehr öffnen konnte. Dann nahm er das Telefon auseinander, untersuchte es auf Wanzen. Stellte das Zimmer auf den Kopf, suchte alles ab auf verräterische Spuren. Untersuchte die Steckdosen, schraubte alle Glühbirnen aus ihren Fassungen, leuchtete unter das Bett, stieg auf einen Sessel und sah auf die Kästen. Außer Staub und Lurch war nichts zu finden.

In einem Polizeijournal stand kürzlich zu lesen, wie sehr die Abhörtechniken in den letzten Jahren modernisiert wurden. Die Geräte waren so klein geworden, dass man sie praktisch überall so gut wie unsichtbar anbringen konnte. In Kugelschreibern, Feuerzeugen, Radios, Haushaltsgeräten, auf Vorhangstangen, unter Heizkörpern oder eingebaut in Armaturen. Nur mit speziellen Geräten konnte man sie orten. Doch er war ein einfacher Grenzpolizist, ein gelernter Dorfgendarm, der von Geheimdiensttätigkeiten keinen blassen Schimmer hatte. Er sah ein, dass eine weitere Suche zwecklos war.

Vielleicht wurde sein Telefon bereits abgehört! Vielleicht aber sah er auch nur Gespenster, Schatten an der Wand, wo nichts war. Trotzdem war er beunruhigt, musste der Sache nachgehen. Also kramte er sein altes Fernglas hervor, ging vors Haus, dorthin, wo die Müllbehälter standen. Blickte durch das Glas und sondierte die nähere Umgebung. Die beiden Nachbarhäuser links und rechts konnte man vergessen. Es wäre unlogisch, dort eine Beobachtungsstation einzurichten. Dies würden erstens die Besitzer nicht zulassen, er hielt mit beiden guten Kontakt. Zweitens könnte dies nie geheim bleiben, irgendwer würde nicht dicht halten. Nur das freie

Gelände kam in Frage. Sein Verdacht fiel auf einen felsigen Hügel, dreihundert Meter weg, unter der Trasse der Schmalspurbahn. Auf Umwegen, um ja keinen Verdacht zu erregen, ging er dorthin. Er nahm sein Haus in Augenschein. Im Schlafzimmer seiner Frau im ersten Stock bewegte sich der Vorhang. Seine Frau stand dahinter, blickte in seine Richtung. Auf diese Entfernung konnte sie ihn nicht bewusst wahrnehmen. Aber hatte sie ihn beobachtet, als er dorthin ging? Hatte sie ihn gesehen, wie er vom Hof aus die Landschaft mit dem Fernglas absuchte? Spürte sie ihm ebenfalls nach? Hatte sie verdächtige Tätigkeiten von ihrem Fenster aus gesehen? Auffälligkeiten, die nicht in das Landschaftsbild passten, die man eher unbewusst wahrnahm? Dem Feind im eigenen Haus war alles zuzutrauen. Wenn sie irgendetwas gesehen hatte, irgendetwas wusste, so würde sie ihn ohne zu zögern ins offene Messer rennen lassen.

Er konzentrierte sich wieder auf den Felsenhügel, kämmte im Umkreis von dreißig Meter das Gelände durch. Ein Zigarettenstummel lag im Gras. Er kniete nieder, schob das Gras zur Seite. Da, noch einer und noch einer und noch einer … insgesamt sechs Stück. Seltsamerweise waren es fünf HB und eine Chesterfield. Also zwei Personen! Das hieß im Klartext, dass Rudolf nicht im Alleingang auf der Suche war. Aber wer war der zweite? War es eine offizielle Observation? Wusste der Chef davon? Es war durchaus möglich, dass diesen kurz vor der Pensionierung doch noch der Ehrgeiz gepackt hatte, er nicht mit einem ungelösten Fall in den Ruhestand gehen wollte. Auch wenn es sich „nur um eine Tschetschenin" handelte, vermisst war vermisst, und eine positive Aufklärungsquote wäre ein schöner Abgang für ihn.

Neben den Zigarettenstummeln fand er noch einen blauen Verschluss einer Mineralwasserflasche, sonst nichts. Als er den Feldstecher auf sein Haus richtete, konnte er die Müllcontainer deutlich sehen. Der Weg von der Haustür bis zu den Containern war ebenfalls klar einsehbar, so auch die Garage und die Auffahrt zum Haus.

Ein aufmerksamer Beobachter konnte ihn also durchaus observiert haben, wie er die Pinnwand in den Restmüll entsorgt hatte.

Vermutlich steckte Rudolf hinter der ganzen Sache. Rein instinktiv musste er Verdacht geschöpft haben, damals, bei dem gemeinsamen Patrouillengang, als er ihn herausfordernd grinsend fragte, warum es ihn immer wieder zu jenem ominösen Felsen zog. Immer wieder hatte er ihn provoziert, auf die Tschetschenin angesprochen, seinen Krankenstand an jenem verflixten Tag in Frage gestellt. Seit jenem Tag wurde er von allen misstrauisch beäugt, keine Sekunde im Dienst aus den Augen gelassen. Sie hatten ihn in Verdacht, todsicher und in Ruhe zugewartet. Waren sich seiner sicher, dass er nicht einfach davonlaufen würde. Er ärgerte sich, war ihnen hereingefallen. Hatte ihr intrigantes Spiel nicht durchschaut, war wieder zu Ruhe gekommen, als die Kriminalpolizei die Ermittlungen einstellte. Dachte wirklich daran, dass nun alles ein Ende hatte, er wieder in Frieden leben konnte. War nicht mehr so vorsichtig gewesen, hatte sich dadurch erst recht verdächtig gemacht. Rudolf war wie ein Bullterrier, scharf und bissig. Der ließ nichts aus, was er sich in den Kopf gesetzt hatte. Von ihm war keine Gnade zu erwarten. Die beiden rosa Briefe mit dem Bild der Toten, waren Teil des grausamen Spiels, Teil einer bewusst gesteuerten Zermürbungstaktik, welche an seinen Nerven zerrte. Auch die Wiedermontage der Pinnwand gehörte zum Plan. So, nur so, könnte es gewesen sein!

- 11 -

Deprimiert saß er im Gras, das Spiel war aus. Tief in seinem Innersten formte sich der Gedanke, alles hinzuwerfen, auf den Posten zu gehen und ein Geständnis abzulegen. Ein Gefühl der Erleichterung würde sich breit machen, ein Abschütteln all seiner Probleme. Schuld und Sühne. Befreiung von seinen Schuldgefühlen, von der Selbstaufopferung seiner Mutter gegenüber, Erlösung von seiner ihn verachtenden Frau.

War das die richtige Lösung? Oder war es nur ein Davonlaufen von all seinen Problemen? Durfte er seine Mutter im Stich lassen, sich feige davonschleichen? Er rechnete mit einer Haftdauer von fünf, sechs Jahren, ein geschickter Verteidiger würde auf Totschlag plädieren. Schließlich war es kein geplanter Mord, eher schon eine unkontrollierte Affekthandlung. Seine verqueren Lebensumstände würde man ihm zugute halten, seine ausweglose innerfamiliäre Lage. Dieser Aspekt könnte ihm helfen. Doch er war Polizist, ein Hüter des Gesetzes und als solcher stand er noch mehr in der Auslage als sonst wer. Die Pressefritzen würden sich auf ihn stürzen, von Skandal sprechen, von der Beschmutzung öffentlichen Ansehens, von der Beleidigung seiner Uniform. Keiner der Kollegen würde zu ihm halten, alle würden sich feige distanzieren, mit einem Mörder in den eigenen Reihen nichts zu tun haben wollen. Ein Aufschrei würde durch ganz Österreich gehen, gerade jetzt, wo ein Polizeiskandal den anderen jagte. Ranghohe Polizisten als gern gesehene Gäste im Rotlichtmilieu, bei Unterwelthochzeiten und diversen anderen Vergnügungen. Geschenkannahme durch Polizisten, die dafür hin und wieder ein Auge zudrückten und sich ungestört in Nobelbordellen unterhalten konnten. Polizisten, die sich mit Uhren und Fernreisen bestechen ließen und – nun gab es zu allem Überdruss auch noch einen Polizisten als Mörder einer heimatlosen Elenden.

Eine Träne kullerte ihm die Wange herunter. Lange saß er da, unfähig, irgendeinen vernünftigen Gedanken zu fassen. Was sollte er tun? Seine Frau war ihm egal, aber um seine Mutter machte er sich Sorgen. Wer sollte sie pflegen, wenn er in Haft wäre?

Bei dem Gedanken an das Gefängnis erfasste ihn das blanke Entsetzen. Er konnte sich lebhaft vorstellen, was mit ihm dort geschehen würde. Die anderen Schwerverbrecher, tiefster Abschaum, würden mit grausamen Spielchen über ihn herfallen. Ein Polizist unter ihresgleichen! Sie würden ihn foltern und vergewaltigen, schlagen und piesacken, wo es nur ging. Keiner würde ihn dort beschützen, seine Überlebenschancen wären gleich null. Da konnte er sich gleich selbst eine Kugel in den Kopf jagen.

Nein, er wollte nicht ins Gefängnis. Irgendwie musste er aus diesem Schlamassel herauskommen. Er hatte sich wieder im Griff. Vorsichtig schob er die Grasbüschel beiseite, inspizierte die Umgebung, ob er nicht noch irgendwelche Spuren übersehen hatte. Die Zigarettenstummel und die Plastikkappe der Mineralwasserflasche verstaute er in einem Nylonsackerl. Ein paar Schritte weiter entdeckte er eine zusammengeknüllte Serviette mit der Aufschrift eines örtlichen Fleischhauers. Zweifellos hatten sich die Herren Kollegen während der langen Observation mit Wurstsemmeln gestärkt. Auch dieses Beweisstück nahm er mit. Auf Umwegen schlich er fort.

Am nächsten Tag hatte er wieder Dienst. Da er Dienst hatte, hatte naturgemäß auch Rudolf wieder Dienst. Sein Überwacher. Sein Kontrollor. Übertrieben jovial reichte er ihm die Hand.

„Seid wann rauchst du denn auf einmal Chesterfield?“

„Chesterfield, warum denn grad Chesterfield, ich rauch mein ganzes Leben lang schon immer HB. Das weißt du doch, oder?“ Rudolfs Antwort kam überrascht, unvorbereitet.

Er stocherte weiter. „Wer raucht denn sonst von unseren Kollegen dieses scheußliche amerikanische Kraut?“

Rudolf wurde misstrauisch. „Was interessiert dich denn auf einmal, welche Zigaretten deine Kollegen rauchen? Hast welche heimlich beschlagnahmt, die du deinen Kollegen zu Weihnachten schenken willst?“

Er spielte damit auf ein altes Recht der Grenzpolizisten an. Bei der Beschlagnahme von Schmuggelzigaretten war es nämlich durchaus üblich, dass die eine oder andere Stange verschwand, so genanntes Beutegut wurde. Durchaus nicht geheim, sondern mit Wissen der Vorgesetzten. Rudolf starrte ihm mit offenem Mund nach, als er auf die Toilette ging. An diesem Tag fiel kein Wort mehr über Zigaretten.

Freitagnachmittag war Dienstbesprechung für die nächste Woche. Alle Diensthabenden saßen im Dienstzimmer rund um den Chef gruppiert. Der Dienstplan für die nächsten Wochen wurde besprochen, ebenso die Vorkommnisse der vergangenen. Rudolf saß ihm gegenüber, fixierte ihn argwöhnisch. Wollte vom Kommandanten wissen, ob es seitens der Kriminalpolizei neue Ergebnisse bezüglich der vermissten Tschetschenin gab. Nein, antwortete der Chef, es habe sich nichts mehr ergeben, der Fall würde wahrscheinlich nie aufgeklärt werden. Es sei denn, so meinte er, dass die Leiche gefunden würde. Denn, so folgerte er weiter, für ihn war es sicher, dass sie tot sei, irgendwo im Walde verscharrt.

Er saß wie auf Nadeln, bemühte sich so teilnahmslos wie möglich auszusehen. Hoffte auf ein baldiges Ende der Besprechung. Tatsächlich beendete der Kommandant die qualvolle halbe Stunde. Alle Kollegen erhoben sich und strebten dem Ausgang zu. Plötzlich drehte sich die junge, bildhübsche Kollegin um.

„Jetzt hab ich blödsinnigerweise meine Zigaretten am Tisch liegen lassen!“ Sie schob sich an ihm vorbei, er blickte ihr nach. Wie vom Donner gerührt blieb er stehen. Eine Schachtel Chesterfield lag auf dem Tisch.

„Dieses Kraut kannst aber wirklich nur im Freien rauchen, damit vergiftest du ja jede Bude“, rief er ihr herausfordernd zu. Ihr Gesicht lief puterrot an. Raschen Schrittes stolzierte sie hinaus, ohne ihn eines Blickes zu würdigen. Er aber eilte rasch auf das Pissoir und sah bei dem kleinen Fenster hinaus. So konnte er gerade rechtzeitig noch sehen, wie die Kollegin auf Rudolf, der gerade in das Dienstauto stieg, erregt einredete. Er hatte ins Schwarze getroffen, nun war er am Zug, die anderen waren nervös geworden. Nun, da sie es wussten, dass er es wusste, mussten sie entweder ihre Taktik ändern oder in die Offensive gehen. Beides würde er zu verhindern wissen.

Gleich fühlte er sich wieder wohler. Nun war er im Vorteil. Rudolf war ein Bär von Mann mit ungeheuren Kräften, gut geschult in Judo. Rein körperlich war er ihm unterlegen. Doch er war einfach gestrickt, hirnmäßig hatte er nicht viel zu bieten. Gerüchten nach war er geschlechtlich bestens ausgestattet und es war durchaus möglich, dass die junge Kollegin über diese spezielle Eigenschaft Rudolfs Bescheid wusste. Nun mussten sich die beiden einen anderen Vögelplatz suchen. Wenn die beiden wirklich vom Chef offiziell zu seiner Observierung abgestellt worden waren, waren sie nun enttarnt, so gut wie nutzlos. Ein neues Team würde ihren Part übernehmen müssen.

Geduldig harrte er der Dinge, die nun passieren würden. Der Herbst zog ins Land im bunten Farbenrausch. Die Tage wurden kürzer, nichts geschah. An einem freien Dienstag, er war gerade dabei, den Dachboden aufzuräumen, sah er zufällig durch die Dachluke ein Aufblitzen am Felsenhügel. Rasch holte er sein Fernglas und tatsächlich sah er zwei Männer hinter dem Schlehenstrauch in Deckung. Er konnte sie nicht erkennen. Blickte auf seine Uhr, es war drei Uhr nachmittags. War es Zufall oder nicht? Wurde er wieder beschattet, oder waren es nur zwei Spaziergänger, die vom Felsen aus das schöne Panorama betrachteten. Vielleicht waren es zwei Eisenbahnfreunde, die auf den Dampfzug warteten, der in den nächsten Minuten kommen würde. Es war der ideale Punkt zum Fotografieren und des Öfteren standen dort Eisenbahnfreaks in der Hoffnung auf einen guten Schnappschuss.

Mit wahrhaft indianischer Geduld ausgestattet, stand er im Schatten des Fensters. Er war sich sicher, dass sie ihn nicht sehen konnten. Keine zehn Minuten später hörte er den Zug pfeifen. Wenn es Eisenbahnenthusiasten waren, würden sie nach dem Vorbeifahren ihre Stative abbauen und abmarschieren. Die Minuten verstrichen endlos. Der Dampfzug war lange schon nicht mehr zu hören und die beiden heimlichen Beobachter standen noch immer hinter dem Strauch. Ihr Interesse galt also allein ihm, das Spiel begann wieder von vorne. Bald wurde ihm die Sache zu blöd. Hastig stieg er die Treppe hinunter, zog seine Jacke über und fuhr den Geländewagen aus der Garage. Dabei achtete er darauf, so teilnahmslos als möglich dreinzuschauen. Umständlich langsam fuhr er die Ausfahrt zur Straße hinunter, er wollte seinen Kollegen Zeit geben, um ihm folgen zu können. Er wollte sie stellen, fuhr zum Badeteich, in einen Waldweg hinein und drehte dort rasch um. Zwischen den Bäumen durch sah er sie heran brausen. Blitzschnell fuhr er aus dem Waldweg heraus, ihnen entgegen. Da die Straße zu schmal war, mussten sie anhalten. Voller Schadenfreude drehte er die Scheibe hinunter und rief ihnen zu: „Wollt ihr vielleicht baden gehen, da habts euch eine schlechte Zeit ausgesucht, das Wasser ist schon viel zu kalt!“ Hohnlachend gab er Gas und setzte zurück.

Er schüttelte sich vor Lachen. Nun war auch die zweite Partie enttarnt, bald würde ihnen das Personal ausgehen! Wieder hatte er einen Teilsieg errungen, wusste aber nicht ob das gut war. Diese Provokationen konnten auch nach hinten losgehen, wenn er das Spiel zu bunt trieb! Vorsicht war angesagt, ab nun würde er solche

Spielereien lieber bleiben lassen, musste zu subtileren Mitteln greifen, die Spur zu ihm verwischen, anstatt noch mehr Aufmerksamkeit zu erregen.

Am nächsten Tag ging er zum Chef, bat um eine Woche Urlaub. Er wolle seine Schwester besuchen, die in Wels im Krankenhaus lag mit ihrer kaputten Pumpe, seinen Resturlaub vom Vorjahr verbrauchen. Unwillig willigte der Kommandant ein. Verschwendete kein weiteres Wort an ihn. Das war aussagekräftig genug, er war Hauptverdächtigter Nummer Eins!

Am ersten Urlaubstag fuhr er seelenruhig Richtung Linz, immer genau in den Rückspiegel schauend. Blieb in Freistadt beim Würstlstand stehen, ausgerechnet gegenüber der Polizei. Blickte sich unauffällig um, konnte niemand erkennen, der sich für ihn interessierte. Langsam aß er seine Burenwurst, immer wieder um sich blickend. Anschließend ging er in die nahe Trafik, kaufte sich eine Kronen Zeitung und füllte bedächtig einen Totoschein aus. Aus den Augenwinkeln blickte er durch das Fenster. Als er ganz sicher war, nicht verfolgt zu werden, fuhr er Richtung Linz weiter. Auf der Stadtautobahn raste er sicherheitshalber zweimal noch bei Gelb über die Kreuzung, Radarkontrolle hin, Radarkontrolle her. Die Autobahnauffahrt nahm er im letztmöglichen Moment zügig in Richtung Wien. Sollten sie ihn in Wels suchen, wenn sie wollten, er fuhr in die andere Richtung!

In Wien angekommen, beschloss er, nicht in einem Hotel abzusteigen, wollte einem Meldezettel aus dem Weg gehen. Mit seinem Handy rief er Tante Emma, die Schwester seiner Mutter an. Sie war eine rüstige Mittsiebzigerin, die draußen am Verteilerkreis Favoriten wohnte. Hocherfreut wurde er dort erwartet. Bei einer Schale Kaffee musste er ihr von seiner Mutter erzählen, von der entsetzlichen Krankheit, die sie plötzlich und heimtückisch überfallen hatte. Die Tante war seit Jahren schon verwitwet und freute sich über die Abwechslung in ihrem einsamen Haushalt. Nachdem er sich häuslich eingerichtet hatte, rief er Harry, einen Freund von der Gendarmerieschule an, der nun bei der Kriminalpolizei war. Sie trafen sich am Abend beim Heurigen. Geschickt lenkte er im Laufe der feuchtfröhlichen Unterhaltung das Gespräch auf die Wiener Rotlichtszene. Harry war in seinem Element. Er kannte alle, wusste genau Bescheid. Über den Mädchenhandel aus der Ukraine und anderen Nachfolgestaaten der Sowjetunion. Über Serben und Albaner, die sich blutige Schlachten lieferten, über Schlepperbanden, die für ständigen Nachschub an Vergnügungsvieh (so nannte er die Huren) sorgten. Neuerdings drängten Tschetschenen und Georgier in die Szene, fast täglich kam es zu wilden Prügeleien. Die seit Jahren etablierten Wiener Zuhälter wollten nicht klein beigeben, Bandenkriege und Machtkämpfe waren an der Tagesordnung. Die Tschetschenen seien sein Spezialgebiet, ließ er seinen Freund vom Lande wissen, wenn er wolle, könnten sie heute noch ein tschetschenisches Lokal besuchen.

Freudig erregt stimmte er zu. Er hatte genügend Geld mitgenommen und wollte den großen Gönner spielen. Hinter vorgehaltener Hand berichtete ihm Harry von den Bräuchen in der Szene. Jeder Polizist hatte sein bestimmtes Lokal, wo er geschmiert wurde. Wo er Essen und Trinken umsonst bekam, hin und wieder gratis bumsen durfte und ab und zu so zum drüberstreuen, wie er sich unmissverständlich ausdrückte, ein paar Scheinchen den Besitzer wechselten. Als Gegenleistung erwartete man Meldungen über geplante Razzien oder über einen übereifrigen Heißsporn, der sich partout einen Stern verdienen wollte. Leben und leben lassen, so lautete seine Devise, meinte Harry abschließend. Auf seine erstaunte Frage, ob er denn keine Angst hätte, aufzufliegen, lachte sein Freund.

„Das geht doch bis hinauf ins Präsidium, die Herren wissen doch genauestens Bescheid, da sie doch selber mit drinstecken. Oder hast noch nichts gelesen, damals? Die haben doch selbst alle

Dreck am Steckn! Da läuft doch ein Prozess nach dem andern!"

Essen und Getränke waren vorzüglich, die Damen, die sich gegen Mitternacht zu ihnen gesellten ebenfalls. Harry stellte seinen Freund vor. Der Patron, Grischi genannt, setzte sich zu ihnen.

„Dein Freund ist auch mein Freund" erwiderte er gönnerhaft. „Wenn Sie etwas ganz Besonderes suchen, dann kommen Sie zu mir!"

Die Bardame servierte ihnen drei große Gläser hervorragenden armenischen Cognacs. Harry lief zu großer Form auf und verschwand mit der leichtgeschürzten Tischdame ins Separee. Er aber lehnte das Anerbieten ab, er wäre für heut zu müde, vielleicht ein andermal. Gegen zwei Uhr morgens brachen die beiden Freunde auf.

Nächsten Abend erkundete er das Lokal im Alleingang. Der Türsteher erkannte ihn wieder, ließ ihn anstandslos passieren. Kaum saß er an der Bar, stand Grischi neben ihm, im Schlepptau eine aufregende Blondine.

„Olga wird sich heute um Sie kümmern. Sie geht auf Kosten des Hauses und steht zu Ihrer Verfügung", fügte er augenzwinkernd dazu.

Olga war reizend. Sie sprach leidliches Deutsch mit einem liebenswert drolligen Akzent. Setzte sich sogleich auf seinen Schoss, prostete ihm mit einem Glas Sekt zu. Vorsichtig begann er mit ihr zu flirten. Machte ihr Komplimente, wollte wissen, von wo sie herkam. Sie blickte sich um. Er registrierte das angstvolle Flackern in ihren Augen. Anscheinend war es nicht erwünscht, dass die Mädchen zu viel von sich erzählten. Sie drückte ihn an sich, ergriff seine Hand und legte sie auf ihren Busen. Seit dem Abstecher mit seinem tschechischen Kollegen in das Budweiser Puff hatte er mit keiner Frau mehr geschlafen. Olga erregte ihn und er erkundete die Weichheit ihres Körpers, bis sie ihn bei der Hand nahm und ins Separee führte.

Als sie nachher beisammen lagen, flüsterte sie ihm ins Ohr. „Du bist doch auch Polizist, so wie Harry, was willst du von mir wissen?“

Ebenso leise erzählte er ihr, dass er zu dem Sonderkommando gehörte, das die vermisste Tamara Dossidowitsch ausforschen sollte.

Olga hatte von ihr gehört. Grischi hatte sie bei einem Schlepper „bestellt“, wollte sie als Nachtklubsängerin mit dem Untertitel „zur besonderen Verwendung“ hier einsetzen. Sie konnte sich erinnern, wie zornig er war, als ihm ein Vertrauter meldete, dass Tamara den Grenzübertritt zwar geschafft hatte, aber auf mysteriöse Art und Weise verschwunden war. Grischi setzte alle Hebel in Bewegung, holte Erkundigungen bei anderen tschetschenischen Bossen ein, befragte die zwölf anderen Flüchtlinge von Tamaras Gruppe, nahm Verbindung mit seinen „Beschützern“ bei der Wiener Polizei auf. Das Ergebnis war ausgesprochen mager. Tamara blieb trotz intensivster Nachforschungen verschollen.

Dies alles war ihm bekannt. Doch er brauchte mehr Informationen. Sie liebten sich noch einmal und zwischen ihrem lauten Gestöhne flüsterte sie ihm einen Hinweis ins Ohr, der ihn erbleichen ließ. Grischi, so teilte sie ihm mit, habe eine Prämie ausgesetzt, wenn sie einer findet. Alle Landsleute, die in der Szene tätig sind, sind aufgefordert worden, bei der Suche nach Tamara mitzuwirken. Der Kontaktmann zur Schlepperbande befürchtete, sie sei einem Mord zum Opfer gefallen, einem Komplott eines Konkurrenten vielleicht, sicher schon irgendwo verscharrt. Grischi sei es aber gewohnt zu bekommen, was er wolle. Gestern, fuhr Olga fort, habe sie zufällig mitangehört, wie der Türsteher Grischis Assistenten erzählt habe, dass in den nächsten Tagen Tamaras Bruder Pawel erwartet werde. Dieser wolle auf eigene Faust ermitteln.

Olga drückte ihn fest an sich. „Pass gut auf dich, wenn die glauben, dass du etwas über die Verschwundene weißt, dann drehen sie dich durch die Mangel. Komm nicht wieder hierher!“

Keine Viertelstunde später verließ er das Lokal. Immer wieder drehte er sich um, um zu sehen, ob er verfolgt wurde. Dichter Nebel verwischte die Konturen, irgendwo hörte er Schritte, aber er war sich nicht sicher, ob sie ihm galten. Alle zweihundert Meter wechselte er die Straßenseite, blieb kurz in Toreinfahrten stehen und achtete auf alle Geräusche. Doch es folgte ihm niemand.

Ich sehe schon Gespenster, wo keine sind, dachte er sich, gleichwohl wissend, dass mit diesen Unterweltlern nicht zu spaßen sei. Vorsichtshalber ging er noch rund um einen Häuserblock, bis er zu einem Taxistandplatz kam. Ein schlaftrunkener Taxler fuhr ihn zu seiner Tante nach Oberlaa, wo er wieder vorsichtig genug war, zwei Gassen früher auszusteigen. In dieser Nacht blieb er schlaflos. Vor seinem geistigen Auge tauchten Schlägertrupps auf, dunkle, hartäugige Schnurrbartträger, die vor nichts zurückschreckten und ihn suchten.

Nichtsdestotrotz fuhr er mit der U-Bahn frühmorgens in den 2. Bezirk, zu der Adresse, die er in Tamaras Gepäck gefunden hatte. Das Haus gehörte wie erwartet nicht zu den allerersten Adressen Wiens. Gegenüber blieb er stehen, musterte es von oben bis unten, kurz entschlossen überquerte er die Straße, ging die Straße bis zur nächsten Quergasse, bog dort ab und umrundete den Block. Immer wieder blieb er stehen. Einmal kramte er sein Taschentuch aus der Hosentasche, schnäuzte sich umständlich lange und blickte sich im Schutze des Taschentuches um. Wenige Meter später musste er plötzlich das Schuhband neu binden. Mit angebrachter Vorsicht inspizierte er die Gegend. Ein paar Kinder spielten auf dem Gehsteig, ein alter Mann mit auffallend kräftigem, schlohweißen Schnurrbart führte seinen Hund aus, drei dicke Frauen mit Kopftuch und Pluderhosen plauderten vor dem Hauseingang. Blecherne Abfallcontainer quollen übelriechend über. Riesige Flecken von Putz rissen offene Wunden in die grauen Fassaden. Es war ein trister Anblick. So unauffällig als möglich überflog er die Namensschildchen an den Hauseingängen, fremdländische Namen waren in der Überzahl. Im Nahbereich des Häuserblocks bemerkte er zwei türkische Geschäftslokale, aus denen es nach Knoblauch und geheimnisvollen fernöstlichen Gewürzen roch.

Gut eine Stunde lang observierte er die Gegend. Dann erst gab er sich einen Ruck und ging rasch in das Haus. Das Stiegenhaus war düster und unfreundlich, es stank nach alter Katzenpisse. Ihm war echt mulmig zumute. Zwei, drei Stufen auf einmal nehmend, huschte er in den dritten Stock hinauf. Fand eine Tür mit einem auf Pappendeckel geschriebenen Firmennamen. Isiex GesmbH, Export-Import, stand dort zu lesen. Darunter, hingeschmiert mit einem schwarzen Filzstift, eine Handynummer. Er notierte sich die Nummer. Der Briefkasten an der Tür quoll vor Werbung nur so über. An dem Datum einer Gratiszeitung erkannte er, dass der Briefkasten seit mindestens 26 Tagen nicht mehr ausgeräumt worden war. Er blickte sich in dem schmalen Gang um, las auch die Namen an den anderen Türschildern. Plötzlich stutzte er. An der dritten Tür stand Isibaief, Georg Isibaief. Tausend Kontrolllampen leuchteten gleichzeitig in seinem Hirnkasten auf. Hieß nicht Grischi, der Nachtlokalkönig, Isibaief? Dann war alles klar! Demnach handelte es sich bei der Firma um eine Scheinadresse, eine der vielen undurchschaubaren Briefkastenfirmen obskurer internationaler Gesellschaften, und sie gehörte Grischi. Es gab derer viele, die sich unter dem nichts sagenden Mäntelchen Export-Import versteckten und meist verbrecherischen Absichten dienten und sich mit Mädchenhandel, Prostitution, Rauschgift und Geldwäsche beschäftigten. Hier liefen alle Fäden zusammen.

Er wusste nicht, wie er sich verhalten sollte. Nahm den Finger wieder vom Klingelknopf. Was sollte er sagen, wenn jemand aufmachen würde? Würde überhaupt irgendwer aufmachen? Wer würde aufmachen? Er befand sich in allerhöchster Gefahr. Dennoch musste und wollte er handeln, die Herausforderung annehmen, schließlich war er deswegen nach Wien gekommen. Durch die Milchglasscheibe der Tür konnte er nichts sehen, auch war keinerlei Geräusch aus der Wohnung zu hören. Er griff zu einer List, drückte auf die Klingel und rannte dann mit Riesenschritten die Treppe hinunter, überquerte rasch die Straße und ging hinter einem Bretterzaun auf einer Baustelle gegenüber in Deckung. Keine fünf Minuten später öffnete sich erneut die Tür. Ein Mann kam heraus, blickte rechts und links, schüttelte den Kopf und ging wieder hinein.

Irgendetwas, eine Geste vielleicht, eine signifikante Körperhaltung fiel ihm auf, doch er konnte diese nicht sogleich einordnen. Um sich besser zu tarnen, holte er aus seiner Jacke Baseballkappe und Sonnenbrille und setzte beide auf. Dann wartete er noch eine Viertelstunde, bis zufällig die Straßenbahn kam und ein paar Meter weiter unterhalb stehen blieb. Rasch stieg er ein. Sein Herz klopfte wie verrückt, er setzte sich nieder und musterte die anderen Fahrgäste. Drei, vier davon hatten eine etwas dunklere Hautfarbe, wirkten aber unverdächtig. Er grübelte und grübelte, wer denn sein Verfolger gewesen sein könnte. Ganz langsam sickerte es durch sein Gehirn und vor seinem geistigen Auge formte sich ein Bild. Es war der Türsteher von Grischis Nachtlokal! Seine Vermutungen hatten sich bestätigt! Angst und Furcht bemächtigten sich seiner, dass ihm einen Moment lang schwarz vor den Augen wurde.

Er hatte genug von Wien. Was er herausgefunden hatte, war beunruhigend genug. Er brauchte einen klaren Kopf, musste einen Schlachtplan entwerfen und dies konnte er nur in seinen eigenen vier Wänden, wo er sich am sichersten fühlte. So rasch er konnte, verließ er die Bundeshauptstadt.

Zuhause angekommen, versorgte er zuallererst seine Mutter. Musste ihr von der Schwester erzählen, immer wieder von vorne beginnen. Erst als ihre Augen zufielen, schlich er sich leise zurück in sein Zimmer. Seine Frau bekam er nicht zu Gesicht, es war ihm auch egal.

Diesmal vertraute er seine Aufzeichnungen nicht mehr der Pinnwand an. Er lockerte ein Brett des Holzfußbodens und schob die Mappe mit seinen Recherchen in die Isolierung zwischen den Polsterhölzern. Dort würde sie niemand suchen. Akribisch genau setzte er die alten Nägel wieder in die Löcher und nagelte das Brett wieder an. Kontrollierte sorgfältig, ob keine Spuren zu sehen waren. Sein Plan war, dass er so viel Dienst machen wollte, als er konnte, vertraute auf den Schutz seiner Uniform, seiner Amtsautorität. Er würde noch vorsichtiger sein als sonst, in jeder freien Minute aber weiter schnüffeln. Fortan, so schwor er sich, werde er alles tun, um etwaige Spuren zu löschen, neue Fährten zu legen und auf jeden achten, der auch nur im Entferntesten einem Landsmann Tamaras ähnelte.

Olga hatte versprochen ihn anzurufen, wenn sich etwas Interessantes ergeben würde. Ihm war bewusst, dass sie ein hohes Risiko einging. Grischi hielt seine Pferdchen wie Gefangene, hatte ihnen ihre Pässe abgeknöpft und speiste sie mit einem Taschengeld ab. Spaziergänge, aber auch die wöchentlichen Kontrollen beim Arzt geschahen nur unter Beaufsichtigung seiner „Assistenten". Diese waren nicht zimperlich, traktierten die Mädchen mit Schlägen und schüchterten sie ein. Immer wieder kam es vor, dass man ein Mädchen mit von Säure zerfressenem Gesicht irgendwo tot im Wald fand. Grischi machte sich nicht selbst die Hände schmutzig, nein, dafür waren willfährige Handlanger zuständig.

Eines Nachts, er hatte zufällig seinen freien Tag, läutete sein Handy. Olga flüsterte.

„Morgen wird Pawel erwartet, Tamaras Bruder. Grischi hat es Harry erzählt, dein Name ist am Rande auch gefallen. Pass auf!"

Die Leitung war tot. Die Situation eskalierte. Wenn Pawel Nachforschungen anstrebte, dann wahrscheinlich nicht alleine. Grischi würde ihm einen Assistenten als Aufpasser mitgeben, der ihn auf Schritt für Schritt begleiten und allabendlich Meldung machen würde. Einem Außenstehenden würde er nicht trauen, wer weiß, vielleicht fand Pawel seine Schwester und holte sie zurück. Grischi würde dies zu unterbinden wissen, Tamara war sein Kapital, er hatte bereits ihn sie investiert, ihr die Flucht bezahlt, sie mit der Aussicht auf eine große Gesangskarriere ins Ausland gelockt. Denn so begann es immer. Kontaktleute suchten in den jeweiligen Ländern hübsche, gut gebaute Mädchen, versprachen ihnen großartige Engagements als Tänzerinnen und Sängerinnen. Schlussendlich aber landeten neunundneunzig Prozent der Mädchen in den Bordellen. Nur wenige konnten sich jemals unbeschadet dieser Umklammerung entziehen.

Seine Hände schwitzten. Angst strömte aus jeder Pore, unheilvolle, nackte Angst. Angst wurde zu dem ihm beherrschenden Element. Um seine Frau? Nein, die würde er bedenkenlos der hungrigen Meute opfern, sollten sie mit ihr machen, was sie wollten. Auf sie würde er keine Rücksicht nehmen. Doch seine Mutter sollte verschont werden.

In diesen Kreisen pflegte man seit Jahrhunderten die Blutrache. Auge um Auge, Zahn um Zahn, Schmerz für Schmerz, Leben für Leben. Er machte sich keine Illusionen, was ihn erwartete, sollten sie ihn jemals als Tamaras Mörder entlarven. Barmherzigkeit stand nicht in ihrem Wörterbuch. Sie würden ihn töten und wahrscheinlich nicht zu schnell. Mit Schaudern erinnerte er sich an die grausamen Terroranschläge wie bei der Besetzung des Moskauer Dubrowka-Theater im Oktober 2002, wo durch eine Befreiungsaktion einer russischen Spezialeinheit 41 Terroristen und 129 Geiseln ums Leben kamen und natürlich an das tagelange Drama der Schulbesetzung von Beslan im September 2004 durch Tschetschenen. Dabei kamen nach offiziellen Angaben 335 Geiseln, 3 Sicherheitskräfte und 30 Geiselnehmer ums Leben.

Aber er wusste auch Bescheid über den abgrundtiefen Hass der Tschetschenen gegen die Russen, der geschichtlich bedingt war.

Hatte von der Deportation der 300.000 Tschetschenen nach Mittelasien gelesen, die an einem einzigen Tag, dem 23. Februar 1944, in Viehwaggons eingepfercht den leidvollen Weg in ein Lager antraten. Nur 120.000 von ihnen überlebten diese schreckliche Zeit. Kein Wunder, so dachte er, dass dieses stolze Volk immer wieder Revolten gegen die Russen anzettelte.

Er war weder Russe noch Tschetschene, aber er hatte tschetschenisches Blut an seinen Händen, Tamaras Blut. Blut um Blut, so hieß das ungeschriebene Gesetz. Sein Blut gegen ihr Blut. Für sie würde es ein Ehrenmord sein, sie würden ihn töten und für die Vergewaltigung den Penis abschneiden, nach altem Brauch. Dieser Gedanke ließ ihn erschaudern, steigerte seine Angst langsam zum Wahnsinn.

Als erste Schutzmaßnahme ließ er eine Alarmanlage einbauen. Verwundert sah seine Frau den Monteuren zu.

„Muss sich die österreichische Polizei heutzutage schon schützen lassen? Ist sie im eigenen Haus nicht mehr sicher?"

Ihr Hohn traf ihn hart. Er konnte ihr diese Vorsichtsmaßnahme nicht erklären und er wollte es auch nicht. Seine Mutter bekam zum Glück nichts mit, hatte wieder ihre Dämmertage, wie er es nannte. Alle Türen und Fenster wurden gesichert, Alarm würde nicht nur im Haus ertönen, sondern auch am Polizeiposten. Doch wie sicher war so eine Alarmanlage? Konnte sie einschlägige Spezialisten, wie es Grischis Männer zweifellos waren, wirklich aufhalten? Hart gesottene, gut ausgebildete Elemente, die ehemals in der Armee oder im KGB gedient hatten. Die sicher genug Tricks kannten, um eine einfache Alarmanlage zu überwinden. Doch eine Alarmanlage ist noch immer besser als keine Alarmanlage, dachte er.

Am nächsten freien Tag fuhr er nach Budweis und eröffnete ein Konto auf einen anderen Namen in der Zweigstelle einer österreichischen Bank, hob den Großteil seines Sparbuches in Österreich ab und zahlte es eine Woche später dort ein. Alles geschah so vorsichtig wie möglich. Er wandte alle möglichen Tricks an, um seine Spuren zu verwischen.

Sein absoluter Notfallplan als allerletzter Ausweg stand fest. Er würde über Tschechien nach Deutschland fliehen! Kurz entschlossen packte er seinen Rucksack mit dem Allernötigsten, um untertauchen zu können. Seinen Pass, etwas Geld und die Kreditkarte nähte er in seine Jacke ein. Sicherheitshalber ließ er seinen Geländewagen vom Mechaniker durchchecken und tankte ihn voll. Einen Reservekanister mit 20 Liter Sprit stellte er in den Kofferraum neben dem prall gefüllten Rucksack. Sein Plan war, zuerst in nördlicher Richtung bis Prag durchzufahren, um Verfolger abzulenken. Er kannte sich in Prag gut genug aus, um etwaige Verfolger im Großstadtgewirr abschütteln zu können. Dann erst würde er westwärts an die deutsche Grenze fahren und in Dresden oder Leipzig erstmals Halt machen. Alles Weitere würde sich von selbst ergeben. Doch noch konnte er hoffen, noch war es nicht so weit.

Der Gedanke an eine Flucht machte ihn halb wahnsinnig. Er hatte so viel Energie, so viele Arbeitsstunden in den Umbau seines Hauses gesteckt, aus der kleinen Keusche seiner Eltern ein schönes Anwesen gemacht. Der Gedanke, dass er vielleicht nie wieder hierher zurückkehren würde, fraß ein schwarzes Loch in seine Seele. Hier war er aufgewachsen, jede Ecke, jeder Baum war voll von Kindheitserinnerungen. Hier hatte er die ersten glücklichen Ehejahre erlebt, aber auch das Martyrium mit seinen beiden Weibern. Dies alles zurückzulassen stimmte ihn traurig und sentimental. Wie schon tausendmal zuvor verfluchte er diesen verhängnisvollen Tag, an dem er zum Mörder geworden war. Wie schon tausendmal zuvor sah er auf seine Hände, die der Schreienden mit aller Kraft den Mund zuhielten und sie schließlich erstickten. Eine verhängnisvolle Panik, geleitet von externen Kräften, hatte ihn zum Mörder gemacht. Nie im Leben hatte er daran gedacht, zu so einer Tat fähig zu sein. Er, der strebsame, stets korrekte Polizist war zum Mörder geworden. Der Unbestechliche ein Mörder? So und ähnlich konnte er seine Kollegen über ihn reden hören. Entsetzt, ungläubig die meisten, teilnahmslos achselzuckend die anderen, nur der Rudolf, sein Erzfeind, würde es immer schon gewusst haben, dass er eine gespaltene Persönlichkeit mit einer geheimnisvollen, äußerst brutalen schwarzen Seite war. Die Tote war ihnen egal, bedeutungslos, doch dass er, ein Polizist, mit seinem Mord den ganzen Berufsstand beschmutzte, würde ihr Polizistenherz tief verletzen. Man würde sein Bild auf dem Mannschaftsfoto ausradieren, unkenntlich machen, nichts mehr mit ihm zu tun haben wollen. Nur mehr mit Spott und Schande über ihn reden, ihm keine mildernden Umstände zubilligen wegen der menschenunwürdigen Scherereien, die er mit seinen Weibern hatte.

- 12 -

Eine Flucht konnte nur der allerletzte Ausweg sein. Er wollte nicht fort, hoffte noch immer, dass sich alles in Wohlgefallen auflösen würde. Doch wenn es sein musste, dann war er gut darauf vorbereitet. Würde Pawel die Leiche seiner Schwester finden und zwei und zwei zusammenzählen, dann würde es schlimm für ihn aussehen.

Noch aber war es nicht so weit. Zuvorderst hieß es, kühlen Kopf zu bewahren, abzuwarten, wie sich die Dinge weiter entwickelten. Da er stets ein Einzelgänger war, störte es ihn nicht, dass er sich niemandem anvertrauen konnte. Natürlich wäre alles leichter, wenn man mit jemandem darüber reden könnte. Im Dienst war die Situation leichter zu ertragen, da war viel zu tun, waren seine Gedanken abgelenkt. Die freien Tage waren die schlimmsten. Da saß er in seinen vier Wänden, war sein eigener Kerkermeister. Da formten sich in seinem Hinterkopf die grässlichsten Szenarien. Verwegen drein blickende Männer folterten ihn. Rissen ihm die Fingernägel aus, traten ihm in die Nieren, klemmten Elektroden an seine Genitalien. Folterten ihn so lange, bis er den Mord an Tamara gestand und sie zu ihrer Leiche führte, deren Platz er dann einnehmen würde.

Niemand war da, der ihm helfen konnte, er war auf sich allein gestellt. Vielleicht war es auch besser so, dachte er sich insgeheim. So war niemand anderer in Gefahr. Immer dann, wann sich seine depressiven Gedanken gelegt hatten, sah er sich als Spion, als Geheimdienstmann, als bestausgebildeten Kämpfer einer Eliteeinheit, der die Situation absolut im Griff hatte und eine ganze Bande im Alleingang aufmischte. In den Augen vieler Landsleute würde er zum Helden im Kampf gegen Einwanderung und Überfremdung avancieren. Glatzköpfige Rechtsextremisten würden ihn als Halbgott verehren, sein Prozess, seine Verurteilung würden eine neue Welle der Gewalt hervorrufen, Hetzjagden auf Ausländer, Aufmärsche und Brandlegung in Asylantenheimen die Folge sein. Der Fremdenhass würde auferstehen, archaische Ängste der Bevölkerung kämen an die Oberfläche. Sein Bild würde in allen Zeitungen auf den Titelblättern zu finden sein!

Seine Paranoia begann zu galoppieren. Überall wo er hinkam, sah er Gespenster. Seine durchaus liebenswerten Nachbarn, die über die Umtriebe seiner Frau Bescheid wussten und bis jetzt auf seiner Seite standen, mutierten in seiner Phantasiewelt urplötzlich zu Spitzeln der Tschetschenenmafia. Als an einem freien Tag der Briefträger die Post brachte, bildete er sich ein, dass er die Adressen studierte. Böse fauchend riss er dem verdutzten Mann die Briefe aus der Hand. Jeder Schnurrbartträger wurde zu einem potentiellen Feind. Ständig glaubte er, Schritte hinter sich zu vernehmen. Bei jedem kleinen Geräusch zuckte er zusammen, auch wenn es nur Schnarchlaute seiner Mutter oder Schritte seiner Frau im Stiegenhaus waren. An seinen freien Tagen sahen ihn seine Nachbarn stundenlang vor dem Fenster sitzen, die Kennzeichen aller vorbeifahrenden Autos notierend. Seine nervöse, fahrige Art machte ihn erst recht verdächtig. Jedermann, der unmittelbar mit ihm zu tun hatte, nahm erstaunt seine Persönlichkeitsveränderung wahr. Er begann, mit sich selbst zu reden.

Mit Beginn der Dunkelheit zog die Angst in sein Haus ein. Stundenlang wälzte er sich schlaflos im Bett herum, da er ständig jemanden hörte, der an die Fensterscheibe pochte oder am Schloss der Haustüre herum hantierte. Immer wieder überprüfte er die Alarmanlage, weil sie nicht anschlug, untersuchte Schlösser und Beschläge auf etwaige Kratzspuren. Doch je mehr er auch suchte, desto weniger fand er, alles war in Ordnung. Dieser Umstand machte ihn noch misstrauischer.

Seine Besuche bei der Muttergottes häuften sich. Die Leute begannen zu munkeln. Einige Damen der Kerzenschluckerbrigade, wie er sie selbst immer nannte, hatten Lunte gerochen. Warum, so fragten sie sich, ist aus dem Saulus plötzlich ein Paulus geworden? Man hatte ihn doch früher nie in der Kirche gesehen, woher kam dieser Sinneswandel? Vermutungen wurden angestellt – war er vielleicht schwer krank, hatte er Krebs, einen Tumor oder eine andere todbringende Krankheit? Hatte er am Ende gar schwere Schuld auf sich geladen?

Die Gerüchtewelle schwappte über. In der kleinen Stadt kannte jeder jeden, wusste jeder über jeden. Augenfällige Verhaltensänderungen gaben stets Anlass zu Spekulationen. Wurden alsbald registriert und analysiert. Seine Stellung als Vertreter einer Berufsgruppe, welche auf dem flachen Lande ohnehin nicht besonders geachtet wurde, wog noch schwerer. Was um Gotteswillen, bewog einen Polizisten dazu, in aller Heimlichkeit vor dem Gnadenbild Marias zu knien? Die Tatsache, dass er nie zur Messe ging, sondern immer nur in der leeren Kirche betete, galt als erschwerend im Sinne der volkseigenen Anklage. Hin und wieder kam es vor, dass eine der älteren Dame irgendwo im Halbdunkel des Kirchenschiffes saß und ihn aufmerksam bei seinem Bußgang beobachte.

„Er hat mich sicher nicht gesehen, aber ich schwör dir, Ilse, der ist nicht ganz normal. Total apathisch ist er zum Altar geschlurft, auf die Knie gefallen und hat geweint!"

„Fast eine halbe Stunde ist er auf den kalten Steinplatten gekniet!"

„Der ist doch sonst nicht so katholisch, warum rennt er denn jetzt andauernd in die Kirche?"

Einige Tage war er Hauptgesprächsstoff Nummer Eins. Beim Bäcker, in der Trafik, in den Gasthäusern, auf der Straße, kurzum, überall dort, wo Menschen zusammen kamen. In dem Landstädtchen, in dem er geboren wurde, seine Familie seit Menschengedenken lebte, war man für jedes außergewöhnliche Ereignis dankbar. Abseits vom großen Welttheater gab es hier eben nur einen großen Kult, den Tratsch. Und dieser Kult wurde mit Genuss zelebriert. In Ermangelung großer Sensationen beschäftigte man sich mit den Stärken und Schwächen seiner Mitbewohner.

Man wusste alles. Kannte alle fremd gehenden Ehemänner, alle untreuen Ehefrauen, sprach über zunächst heimlich gehaltene, da überraschende oder am Ende gar unerwünschte Schwangerschaften, schlecht lernende Kinder, Nachbarschaftsstreitigkeiten, politische Zwistigkeiten, Zankereien in Vereinen und all die anderen Kleinigkeiten, die das gesellschaftliche Leben in peripherer Lage so lebenswert und interessant machten. Ein Polizist, der entgegen früherer Gewohnheiten nun plötzlich zum eifrigen Kirchgänger mutierte, war naturgemäß ein besonders dankbares Betrachtungsobjekt.

Wie meistens ahnte das Objekt nichts von den Gerüchten über die eigene Person. Tatsache war, dass er sich nach seiner Gebetsmeditation wohler fühlte, so seltsam es auch klingen mag. Bei seiner Andacht wurde er ein anderer Mensch. Seine Gedanken an Schuld und Sühne verblassten, das schwarze Loch in seiner Seele schloss sich. Innerer Frieden kehrte in ihm ein, und so mancher konnte bestätigen, dass er mit verklärter Miene aus der Kirche kam. Für seine seelische Hygiene waren diese Andachten enorm wichtig, reinigten ihn im übertragenen Sinn von Kopf bis Fuß.

Manche der Schwätzer trieben ihr Spiel so weit, dass sie seine Kollegen ausfragten, ob denn mit ihm etwas nicht in Ordnung sei. Es kam, wie es kommen musste: Der Chef bat ihn zu sich in die Kanzlei. Wollte von ihm wissen, ob er irgendwelche Probleme hätte, am Ende gar religiöse Wahnvorstellungen oder etwas ähnliches. Er könne ihm, so meinte er zweideutig, einen Termin beim Polizeipsychiater besorgen. Nein, nein, es sei kein Grund zur Besorgnis, entgegnete er, er habe sich in letzter Zeit nur so leer gefühlt, ein bisschen überfordert. Aber eine Woche Urlaub würde ihm sicher gut tun. Der Chef blätterte eifrig im Dienstplan und gewährte ihm den Urlaub.

Drei Tage später eskalierte die Situation. Er war im Drogeriemarkt auf der Suche nach einem neuen Rasierwasser. Etwas Herbes schwebte ihm vor. Öffnete ein Fläschchen, sog den Duft ein, legte einen Hauch auf seinen Handrücken, schnüffelte. In diesem Augenblick nahm er flüchtig schwarzes, im Licht der Neoröhre bläulich schimmerndes Haar wahr. Sie stand an der Kasse in vielleicht zehn Meter Entfernung, wandte ihm den Rücken zu. Zu Tode erschrocken erstarrte er zur Salzsäure. Bedächtig langsam, gerade so als ob sie nicht zu ihm gehörten, stellten seine Hände das Rasierwasser in das Regal zurück. Als er sich wieder umdrehte, war die Unbekannte verschwunden. Er rannte ihr nach, sah, wie sie in die Kirchengasse hinunterging und rief ihr laut flehentlich zu.

„Tamara!"

Sie reagierte nicht. Weder blieb sie stehen, noch ließ sie irgendwie erkennen, dass sie seinen Ruf gehört hätte. Von Panik getrieben rannte er die Gasse hinunter, ergriff sie von hinten an der Hand.

Erschrocken schrie sie auf, entwandte sich seinem Griff. Drehte sich um, verständnislos, verstört. Schrie ihn an.

„Was fällt Ihnen ein, warum belästigen Sie mich?"

Er blickte ihr in die schwarzen Augen. Die Ähnlichkeit war verblüffend.

„Entschuldigen Sie bitte, verzeihen Sie mir", stammelte er. „Ich dachte es wäre eine Bekannte, Tamara! Das schwarze Haar, müssen Sie wissen, ich habe Sie nur von hinten gesehen. Sie trug es genau so, die Tamara!"

Er stotterte herum, peinlich berührt von den Auswirkungen seines Verfolgungswahns. Einige Passanten, die ihn zu allen Überdruss auch noch gut kannten, blieben stehen, verfolgten erstaunt die groteske Szene. Er war total fertig. Seine Hände zitterten, hingen kraftlos herunter. Da war es wieder, das Gespenst aus seinen Albträumen, aus dem schwarzen Abgrund seiner schwarzen Seele. Überall, Tag oder Nacht, sah er nun wieder ihr Bild vor sich, die schönen schwarzen, schreckhaft weit aufgerissenen Augen, die ihn so klagend anstarrten.

„Nun, haben Sie sich überzeugt, dass ich nichts mit Ihrer Tamara zu tun habe? Ich heiße Roswitha und komme aus Attnang-Puchheim. Zufrieden?"

Sie ging weiter. Wieder lief er ihr nach. Wieder griff er nach ihrem Arm.

„Lassen Sie sich doch bitte erklären, ich …

„Wenn Sie mich nicht in Ruhe lassen, rufe ich die Polizei", schrie sie ihn erbost an. Er ließ von ihr ab, machte kehrt und ging taumelnd, wie ein angezählter Boxer die Kirchengasse wieder hinauf. Sie aber starrte ihm nach, bis er um die Ecke verschwand.

Er war total fertig. Wieder hatte ein Trugbild seine Nerven blank gefegt. Er irrte durch die Straßen, bis er endlich sein Auto fand. Schwer erschüttert setzte er sich hinter das Lenkrad, klammerte sich daran. Seine Augen irrlichterten, starrten auf die Windschutzscheibe. Seine Hände zitterten, Speichel rann aus seinem Mundwinkel, hinterließ eine silberne Spur auf dem Lenkrad. Unfähig einen klaren Gedanken zu fassen, schluchzte er lautlos in sich hinein.

Irgendetwas musste geschehen, er konnte so nicht mehr weitermachen. Der Polizeipsychiater kam nicht in Frage. Der würde keine zwei Stunden benötigen, um zu wissen, was mit ihm los ist. Da könnte er gleich ein Geständnis ablegen. Zu einem Priester wollte er nicht gehen. Bis vor kurzem hatte er mit der Religion nichts am Hut gehabt. Auch dieser würde ihm raten, sich zu stellen. Sonst aber hatte er niemanden. Ein Lehrer in der Gendarmerieschule hatte ihnen stets einen Spiegel vor Auge gehalten, ihnen klipp und klar dargelegt, dass ein Gendarm, ein Polizist meist nicht viele Freunde hätte. Dies sei berufsbedingt, hatte er ihnen erklärt. Und jene, die auffällig um deine Freundschaft werben, die wollen was von dir. Hin und wieder ein Auge zudrücken, die Kunden nicht strafen, wenn sie im Parkverbot in der Nähe vor dem Geschäft standen, die Monteure nicht aufhalten, wenn sie zu schnell mit dem Firmenauto unterwegs waren. Politiker erachten es als selbstverständlich, nicht kontrolliert zu werden, und wenn dich ein Wirt zum Mittagessen einlädt, dann erwartet er im Gegenzug, dass du vor seinem Gasthaus keinen Alkotest machst. Dies sei der Grund, warum Polizisten meist unter sich bleiben. Weil sie überall, wo sie hin kamen, von allen Menschen misstrauisch beäugt wurden. Weil sie ihrerseits allen Menschen mit Misstrauen begegneten. Weil kraft ihres Amtes, kraft ihrer Uniform die meisten Menschen eher von ihnen zurückwichen als auf sie zugingen.

Er war sich dieser traurigen Tatsache durchaus bewusst, denn er verspürte nun am eigenen Leib wie es ist, wenn man sich bei keiner Menschenseele ausweinen kann. Er war auf sich allein gestellt, niemand würde ihm helfen, seine Probleme zu lösen. Der Umstand, dass seine Frau auch nichts mehr mit ihm zu tun haben wollte, erschwerte seine Situation um ein Vielfaches. Sie hatten keine Kinder und auch seine Mutter war ihm mit ihrer schweren Krankheit kein Trost. Nicht einmal ein Hund war da, bei dem er sich ausweinen konnte. Doch Selbstmitleid konnte er sich nicht leisten, eine Paranoia schon gar nicht. Musste wieder einen klaren Kopf bekommen, sich befreien von seinem Verfolgungswahn, aufhören, überall Gespenster zu sehen. Tamara war tot, er selbst war dafür verantwortlich. Sie würde nicht auferstehen, um ihm im Drogeriemarkt oder sonst wo zu begegnen. Nichts konnte seine Tat ungeschehen machen, auch nicht die Muttergottes, er war und blieb ein Mörder.

Nun galt es, so unauffällig wie möglich weiterzuleben, sich nicht mehr verdächtig zu machen. Er wusste, dass die Leute schon über ihn redeten. Sich Gedanken machten, warum er denn plötzlich so oft in die Kirche rannte. Es war auch durchaus möglich, dass ihn der eine oder der andere verdächtigte, über das Verschwinden der Tschetschenin mehr zu wissen. Die Anwesenheit der Kriminalpolizei damals, die Postwurfsendung, in denen die Bevölkerung um sachdienliche Hinweise gebeten wurde, der ganze Presserummel, war für die Bewohner des Städtchens eine Sensation, eine willkommene Abwechslung gewesen. Jedermann beschäftigte sich mit dem Verschwinden der Tschetschenin, es gab genügend Gesprächsstoff. Wo könnte sie hin verschwunden sein, hatte sie wer gesehen, lebte sie überhaupt noch? Wenn nein, wer könnte dann ihr Mörder sein? Die Handvoll schwarzer Schafe, die es hier gab, wurden allesamt unter die Lupe genommen. Seit Menschengedenken war hier kein Mord mehr geschehen, außer ein paar Prügeleien, Alkoholexzesse oder kleinere Vergehen wie Einbrüche in Gartenhäusern und Bauwägen gab es keine Kriminalität. Das Verschwinden der fremden Frau, der bloße Verdacht, sie könnte einem Mord zum Opfer gefallen sein, erhitzte die Phantasie der Bevölkerung.

Nun, Monate später, als kein Mensch hier mehr an die Verschollene dachte, hatte ausgerechnet er selbst wieder Verdacht erregt, für Gesprächstoff gesorgt. Er vermeinte die Menschen hinter seinem Rücken munkeln zu hören, ihre Blicke zu verspüren, all die Zeigefinger, die sich auf ihn richteten und sich in sein Fleisch bohrten. Zumindest drei, vier der Selbstgerechten hatten miterlebt, wie er der fremden Schwarzhaarigen nachschrie. „Tamara!“ Hatte die vermisste Tschetschenin nicht auch so geheißen? Was hatte er mit ihr zu tun? Suchte er sie? Rannte er einem Schatten nach, einem Traumbild? Warum gerade er? Hatte er sie verschwinden lassen? Ermordet? Vergewaltigt? Verscharrt? An Mädchenhändler verkauft? An ein Bordell verschachert?

Er kannte den Tratsch der Kleinstadt. Die Macht der Worte. Worte als Wächter und Zeugen. Die plötzliche, wiederauferstandene Verunsicherung, die von ihnen ausging. Hatte er, oder hatte er nicht? Warum benahm er sich so seltsam? Was bedeutete seine Flucht in die Kirche? Seine tränenfeuchte Zwiesprache mit der Muttergottes? Sein plötzlich auftretender Verfolgungswahn? Sein Maskenspiel? Seine Angst, seine fahle Gesichtsfarbe, sein schleppender Gang, seine Teilnahmslosigkeit?

Warum also sollten sie ihn nicht verdächtigen? Es hatte sich herumgesprochen, dass er an ebendiesem Tag krank gemeldet war. Seine Frau würde todsicher aussagen, dass er um vier Uhr früh weg fuhr. Seine Mutter wahrscheinlich auch, denn sie würde gar nicht mitbekommen, was sich abspielte. Es war durchaus möglich, dass seine untreue Gattin einem ihrer Liebhaber sogar ihren Verdacht mitteilte.

Den Rest seines Urlaubes verbrachte er zu Hause. Strich seinen Gartenzaun neu, besserte das Dach des Gartenhauses aus, eine Arbeit, die er schon jahrelang machen wollte. Plauderte mit seinen Nachbarn, entschuldigte sich beim Briefträger wegen seines Wutanfalls, gab sich den Anschein von Normalität. Keiner sollte mehr sagen können, dass er sich auffällig verhielt. Er wurde ruhiger, ordnete seine Gedanken neu, beschäftigte sich mit all jenen Nebensächlichkeiten, für die er sonst nie Zeit fand. Um allen Gerüchten zuvorzukommen, fuhr er tagtäglich mit dem Fahrrad in die Altstadt. Kaufte beim Bäcker ein, ging zum Fleischer und in die Drogerie, besuchte wieder einmal die Pizzeria. Gab sich betont freundlich, plauderte hier und dort, suchte eifrig Kontakt zu seinen Mitmenschen. Es tat ihm gut, wieder einmal mit anderen Leuten reden zu können. Diesen Kontakt hatte er allzu oft schon vermisst. Und so schwor er sich eines Tages, wieder mehr unter die Leute zu gehen, wenn die leidige Angelegenheit ausgestanden war. Viel zu lange schon hatte er sich nicht in der Öffentlichkeit blicken lassen. Wohlwollend wurde seine Persönlichkeitsänderung von der Bevölkerung zu Kenntnis genommen. Er umgab sich mit einer künstlichen Aura seelischer Unversehrtheit.

Am Montag, als er seinen Dienst wieder antrat, herrschte helle Aufregung auf der Dienststelle, verstärkte Alarmbereitschaft. Die Patrouille hatte beobachtet, wie ein alter, verbeulter VW-Bus mit drei Ausländern frühmorgens den Grenzweg auf der anderen Seite ungewöhnlich langsam entlang fuhr.

„Dem Aussehen nach zu urteilen, waren es mit höchster Wahrscheinlichkeit Tschetschenen", gab der Kommandant bekannt. „Es sieht so aus, als ob sie persönlich nach der Vermissten suchen würden. Wir müssen uns darauf gefasst machen, dass sie sich länger hier aufhalten werden. Solange sie die Grenze nicht übertreten oder sonst irgendwie straffällig werden, haben wir keine gesetzliche Handhabe. Die Streife wird verdoppelt, sicherheitshalber werden wir die Personalien der drei Männer aufnehmen. Sie müssen auf Schritt und Tritt beobachtet werden, jede Auffälligkeit wird sofort an mich gemeldet. An die Arbeit, meine Herren!"

Die Gespenster, die er ständig sah, waren Fleisch und Blut geworden. Seine Hände zitterten, als er in den Dienstwagen einstieg. Bezeichnenderweise war er wieder mit Rudolf in einer Gruppe, Absicht, oder nicht. Zu viert fuhren sie die Grenze entlang, ausgerechnet an dem Felsen blieb Rudolf stehen, stieg aus und pischte dorthin. Feixend schrie er ihm zu. „Und, musst du heut nicht pieseln, auf deinem Lieblingsplatz?" Dröhnend lachend startete er den Wagen. Die anderen beiden Kollegen grinsten übers ganze Gesicht, maßen dem Ganzen keine besondere Bedeutung zu. Er aber schon.

An diesem Tag blieb es ruhig, die schwarzhaarigen, hartäugigen Schnurrbartträger ließen sich nicht mehr blicken. Wahrscheinlich hielten sie sich irgendwo im Walde versteckt.

Als er vom Nachtdienst heimkam, war er rechtschaffen müde, psychisch und physisch am Ende. Wechselte rasch ein paar Worte mit seiner Mutter, stellte sich unter die Dusche und ging zu Bett. Doch er konnte nicht schlafen. Immer wieder sah er grimmige Gesichter, Blicke, die ihn belauerten und überallhin folgten. Irgendwann gewann der Schlaf Oberhand über die Wachträume. Kaum war er jedoch eingeschlafen, läutete das Telefon. Schlaftrunken griff er nach dem Hörer. Es meldete sich niemand. Gerade als er wieder auflegen wollte, ertönte eine Melodie. Unverkennbar, aufreizend, drohend – Enrico Morrecones „Spiel mir das Lied vom Tod“ drang nervenzerfetzend an sein Ohr.

Der Hörer entfiel seiner Hand, schweißgebadet sank er auf das Bett zurück. Ein Schüttelfrost überkam ihn, lief in Schauerwellen durch seinen Körper. Krampfhaft umklammerte er das Betthaupt, um nicht in den Stromschnellen seiner Angst mitgerissen zu werden. Schwer atmend hielt er sich daran fest, bis die Zuckungen seiner Muskel nachließen. Das tut-tut-tut aus dem Telefon brachte ihn wieder zur Besinnung. Zitternd wie ein alter Mann stieg er aus dem Bett, kraftlos ließ er den Hörer auf die Gabel fallen. Wie ein Häufchen Elend saß er auf der Bettkante, den Kopf schützend in den Händen haltend.

Er wusste nicht, wie lange er so ausharrte. Sein Kopf war leer. Sein Herz raste. Noch immer hallte die Mundharmonikamelodie in seinen Ohren. Wer war der Anrufer? War das die erste Drohung? Sollte es heißen, als nächster bist du dran? Oder war es nur der makabre Scherz eines Kollegen? Kam der Anruf von Rudolf oder von den Tschetschenen? Wollte man ihn fertig machen, ihm Angst einjagen, ihn zermürben, weich kochen? Wie würde es weitergehen?

Ja, er hatte Angst, große Angst! Nie zuvor in seinem Leben hatte er sie so verspürt. Es war keine vergleichbare Angst wie die Angst vor einer Prüfung, vor einem Arztbesuch, auch nicht die Angst, die er als Kind vor seinem strengen Vater gehabt hatte, nein, es war eine Todesangst, welche ihm das Herz einschnürte, ihn kaum atmen ließ und ihm die Kehle austrocknete.

Atavistische Angst, wie die des steinzeitlichen Jägers, der sich allein einem großmächtigen Mammut gegenübersah. Archaisch brutal, adrenalinproduzierend im höchsten Grade. Die Angst, die notwendig war, um überleben zu können. Die antrieb in einer aussichtslosen Situation, letzte Energie zu einem allerletzten Aufbäumen spendete.

Von einem Adrenalinschub spürte er allerdings noch nichts. Apathisch, fast besinnungslos lag er auf seinem Bett. Sein Gehirn war leer, ausgebrannt. Als sich sein Körper entspannte, trieb er ab in eine Traumwelt. Sah plötzlich seinen Vater nach dem Kirchgang wieder, mit drohendem Zeigefinger zum wiederholten Male seine sonntägliche Moralpredigt haltend. Worte wie Gehorsam, Respekt, Anstand, Ehrlichkeit und Dankbarkeit hallten in seinen Ohren wider. Er war ein düsterer Finsterling, ein Tyrann, der die Familie schikanierte, das Leben in dem kleinen Haus reglementierte nach strengem Gesetz, seinem Gesetz. Alles hatte seinen Platz, alles hatte seine Zeit. Was geschah, geschah nach eigenen Regeln. Die Tage waren genau geplant, die Territorien abgesteckt, die Grenzen scharf bewacht. Vom Vater, der es nicht leiden konnte, wenn etwas aus der Spur lief. Von ihm, der immer genau wusste, was er tat. Dessen Fantasie, sofern überhaupt vorhanden, keinen Spielraum überließ, für das, was sich Lebensfreude nannte.

Als kleiner Landgendarm forderte er Respekt. Er trug seine Uniform mit Stolz, sie gab ihm Gewähr, beachtet und gefürchtet zu sein. Die Perversität seiner Amtsautorität ging so weit, dass ihn die eigene Frau vorerst mit Herr Inspektor, dann mit Herr Oberinspektor und später mit Herr Revierinspektor ehrerbietig ansprach, wenn sie das Haushaltsgeld von ihm erwartete. Er war militant-aggressiv bis zum Exzess. Immer, wenn er dienstfrei hatte, kontrollierte er vor dem Mittagessen die sauberen Fingernägel seiner Kinder. Teller und Besteck mussten einwandfrei ausgerichtet auf dem Tisch liegen, Schuhe exakt an ihrem Platz im Schuhschrank stehen. Ein Bild, welches nicht gerade an der Wand hing, konnte einen Schreikrampf, ein nässetropfender Regenschirm im Flur einen Wutanfall auslösen. Sitte und Gehorsam waren, so wie er es nannte, ein erstrebenswertes Ziel, dem sich alle zu unterwerfen hatten. An seine Uniform ließ er niemand heran, die wusch, bügelte und pflegte er selbst, war unantastbares Heiligtum. Er war ein Despot, der ein strenges Regiment führte. Mit unvergleichbarer Akribie legte er einen Maßnahmenkatalog an, wie und auf welche Weise etwas zu geschehen hatte. Parallel dazu gab es einen Strafenkatalog, mit welchem Vergehen wider den Maßnahmenkatalog geahndet wurden. Spurten die Kinder nicht, gab es Ausgangssperre, keine Süßigkeiten, keine Vergünstigungen. Selbstverständlich gab es auch für diese eine Liste, ebenso wie gute Schulnoten wie Einser und Zweier belohnt wurden. Dreier und Vierer zogen leichtere Strafen mit sich, einen Fünfer trauten sich die beiden Kinder so und so nicht nach Hause zu bringen. Das Haushaltsgeld wurde stets am Monatsersten festgelegt, Überziehungen nicht genehmigt. Einkaufszettel überprüfte er wöchentlich, etwaige Abweichungen brachten unweigerliche nächtliche Bestrafungen der Ehegattin mit sich.

Diese wagte nicht aufzumucken, fürchtete seine Schläge. Freilich schlug er sie nie vor den Augen anderer und schon gar nicht vor den Kindern. Wenn, dann immer nur nachts und immer nur in den Unterleib, damit man nichts sehen konnte. Doch am Sonntag, bei der örtlichen Gesichtsbadeanstalt vor und nach der Kirche, gab man sich einen harmonischen Anstrich. Vater und Mutter gingen Arm in Arm, nach allen Seiten hin freundlich grüßend und spielten vor der versammelten Menge das Stück vom großen Glück. Doch glückliche Tage waren nur jene, an denen er Tag- und Nachtdienst hatte. Dann atmeten Mutter und Kinder auf und es durfte endlich wieder gelacht werden. Trotz des diktatorischen Gehabens war sein Vater sein Vorbild. Schon als kleiner Bub hatte er erkannt, welche Macht so eine Uniform ausstrahlte. Damals beschloss er, ebenfalls Gendarm zu werden.

Als er älter wurde, begann er das heuchlerische Gehabe seiner

Eltern zu verabscheuen. In der kleinen Stadt, wo jeder jeden kannte und jeder über jeden alles wusste, spielte man das Maskenspiel. Niemand zeigte sein wahres Gesicht, jedermann inszenierte sich selbst. Tratsch war der beliebteste Zeitvertreib und so war man stets bemüht, keinen wie immer auch gearteten Anlass zu Redereien zu geben. Man spielte Versteck. Die Mutter aus Angst vor dem Vater und weil sie kein falsches Mitleid der andern wollte, sein Vater war es seiner Amtswürde, seiner Reputation, wie er es nannte, schuldig. Er verbarg seine Schwächen geschickt im Schutze seiner Uniform.

Mit zunehmendem Alter wurde er noch schwieriger. In Despotenmanier pflegte er dann seine Allmachtsphantasien, inszenierte wahre Angstszenarien im Stile einer altgriechischen Tragödie, Belobigungen wurden immer seltener, nichts passte ihm mehr. Sprachen die Kinder angstvoll leise, dann schimpfte er, weil er sie nicht hören konnte und dachte, dass sie über ihn meckerten. Sprachen sie zu laut, dann wurden sie ebenso gemaßregelt. So oft sie nur konnten, gingen ihm die Kinder aus dem Weg.

Die Mutter zog sich in ihr geistiges Schneckenhaus zurück. Wenn der Vater Dienst hatte, dann lehnte sie stundenlang am offenen Fenster, gerade so, als könnte sie das öffentliche Leben hineinholen. An seinen freien Tagen aber blieb sie scheu und fügsam wie ein Opferlamm im Haus. Er war ein Machtmensch und genoss ihre kriecherische Unterwürfigkeit.

Sein Tod war für seine Familie wie ein Sprung von der Klinge im allerletzten Augenblick. Viel zu früh war er gestorben, meinten jene, die ihn nicht so gut kannten. Viel zu spät, meinten die Nachbarn, die das familiäre Drama über lange Zeit miterlebt hatten.

Plötzlich, so schien es, waren die Räume heller, luftiger, lebenswerter. Es durfte wieder Radio gespielt werden, ja man konnte fast meinen, dass auch die Blumen im Garten und in den Töpfen freudvoller wuchsen und kräftiger erblühten denn je. Mit einem Male war alles anders, leichter geworden.

Die Mutter, so erinnerten sich die beiden Kinder, trug ihre schwarze Witwentracht nur am Tage des Begräbnisses und keine Stunde länger. Kaum war der Vater unter der Erde, holte sie ihre schönsten, bunten Kleider aus dem Schrank, legte nach und nach ihren Lebensverdruss ab und ging wieder unter die Leute, auch wenn sie genau wusste, dass sie ihnen damit Anlass zu böswilligem Gerede gab.

Widerwillig musste er sich eingestehen, dass er viele Züge seines Vaters geerbt hatte. Selbstdisziplin, den Ehrgeiz, stets nach oben zu streben und auch die Vernarrtheit in Position und Uniform. Widerstrebend musste er aber auch zugeben, dass er nun genauso unter der Fuchtel seiner Mutter stand wie sie zuvor unter der des Ehegatten. So schließt sich also der Kreis, dachte er wehmütig. Auch seine Unfähigkeit, seine Frau ein für allemal aus dem Haus zu schmeißen, die Scheidung einzureichen und dem Debakel ein Ende zu bereiten, fraß ein tiefes Loch in seine Mörderseele.

Er sah keinen Ausweg, der ihn befriedigte. Eigentlich kamen nur zwei Alternativen in Frage. Entweder sich zu stellen oder den Konflikt mit den Tschetschenen auszutragen. Beide Möglichkeiten waren unbefriedigend. Der einen wäre er geistig, der anderen körperlich nicht gewachsen.

Da er sowieso nicht mehr schlafen konnte, stand er auf, zog sich an und machte sich auf die Suche nach dem verbeulten VW-Bus seiner Verfolger. Holte den Geländewagen aus der Garage und fuhr fort. Es war ihm egal, ob Frau und Mutter sein Wegfahren wahrnahmen oder nicht. Langsam fuhr er in der Finsternis der Nacht alle Parkplätze ab, hielt Ausschau nach dem Kleinbus. Eine gute Stunde lang durchkreuzte er die kleine Stadt, die wie ausgestorben im steinernen Schlaf ihrer Vergangenheit lag. Einzig die Straßenlaternen erhellten den Nebel in rosa Schein. Einer plötzlichen Eingebung zufolge, kontrollierte er auch den Parkplatz vor dem Badeteich. Aus der Praxis seines armseligen Polizistendaseins, wie er es scherzhaft manchmal nannte, wusste er, dass dort über Nacht des Öfteren Wohnmobile standen. Und tatsächlich, unter einer mächtig ausragenden Linde stand der Bus der Tschetschenen.

Er wusste nicht, wie er sich verhalten sollte. Er war weder im Dienst, noch in Uniform. Außerdem hatte er keine gesetzliche Handhabe. Nirgendwo stand geschrieben, dass es verboten war, dort zu nächtigen. Er war allein auf sich gestellt und chancenlos gegen die drei grimmig dreinblickenden Schnurbartträger. Doch er wollte sie nervös machen, ihnen zeigen, dass er sie entdeckt hatte. Also fuhr er demonstrativ fünf-, sechsmal vor dem Bus auf und ab und leuchtete ihn mit dem Fernlicht an. Nichts rührte sich. Zweifellos hatten sie ihn gehört, mussten ihn gehört haben. Als ihm das Spiel zu langweilig wurde, fuhr er wieder in die Stadt. Blieb auf dem Parkplatz vor dem Supermarkt stehen und wartete. Er blickte auf die Uhr, es war fünf Minuten vor halb Drei. Um drei Uhr startete er und fuhr noch einmal auf den Parkplatz zum Teich und siehe da, der Kleinbus war weg!

Vergnügt rieb er sich die Hände, es stand Eins zu Null für ihn, sie waren nervös geworden. Euphorisch wach kehrte er nach Hause zurück und entwarf einen Angriffsplan.

Um sieben Uhr trat er, unausgeschlafen, doch höchst vergnügt, seinen Dienst an. Erzählte seinen Kollegen ein Schauermärchen, dass er von einem VW-Bus mit drei verdächtigen Gestalten frühmorgens überholt und fast in den Straßengraben gedrängt worden wäre. Vermutlich, so erklärte er seinem vorgesetzten Kommandanten, seien sie als Schlepper unterwegs. Sofort schickte dieser zwei Streifenwagen auf die Suche. Bereits zwei Stunden später kam die Meldung, dass eine Streife den VW-Bus angehalten hatte. Die Tschetschenen konnten sich allesamt ausweisen, das Fahrzeug war ebenfalls in Ordnung, nichts Verdächtiges wurde festgestellt. Die Kollegen nahmen sämtliche Personalien auf und gaben ihnen den guten Rat, sich nicht in Grenznähe aufzuhalten.

Der Kommandant höchstpersönlich überprüfte die Angaben. „Seltsam", meinte er zu ihm, „da ist doch tatsächlich ein Pawel Dossidowitsch dabei. Ist es nur eine Namensgleichheit, oder ist es ein Verwandter, der sie sucht?"

Zum Glück wandte sich der Chef sogleich wieder der Meldung zu, die auf seinem Schreibtisch lag. So konnte er auch sein schreckensbleiches Gesicht nicht sehen. Zu Tode erschrocken ging er aus dem Zimmer.

„Wart noch ein bisschen, ich muss mit dir noch etwas besprechen", rief ihm der Chef nach. Ruckartig wandte er sich um, gespannt wie eine Feder.

„Ja bitte, ich wollte nur rasch auf die Toilette, ich muss mal", antwortete er und eilte hinaus. Auf dem Sitzbrett sitzend sammelte er seine Gedanken, ordnete sie neu. Hat mich der Chef in Verdacht, fragte er sich wohl zum hundertsten Male. Traut er mir nicht mehr, hält er mich für den Mörder? Was soll ich tun? Er ging zurück. „Du wolltest mich sprechen, um was geht's denn", warf er beiläufig hin. Er hatte sich wieder gefasst, seine Stimme klang ruhig und fest (so hoffte er wenigstens!).

„Was hast du, du bist in letzter Zeit so nervös, so unleidlich? Hast leicht wieder Probleme mit deinen Weibern?" Der Chef belauerte ihn. „Manchmal möchte ich wissen, was in deinem Hirnkastl vorgeht. Seit der Geschichte mit der Vermissten bist du fahrig und unausstehlich. Gibt's irgendwie ein Problem zwischen dir und den Tschetschenen? Hast du diese Frau gekannt? Wenn ja, dann spuck's aus, dann möchte ich's gern wissen!"

„Nein, nein" stotterte er, „dass ist rein berufliches Interesse, wir hatten ja so einen Fall noch nie, oder?" Krampfhaft bemühte er sich, wieder zu Ruhe zu kommen. „Wenn du dich erinnern kannst, war ich ja damals gar nicht im Dienst, sondern im Krankenstand", beschwichtigte er.

„Eben deshalb“, brummte der Chef, wandte sich wiederum dem Vernehmungsprotokoll zu.

Hastig eilte er hinaus. Die Saat des Misstrauens was gesät, der Chef zweifelte an seiner Unschuld!

- 13 -

Als er kurz am nächsten Morgen vom Dienst nach Hause kam, wartete die nächste Überraschung auf ihn. In der Haustür steckte ein Messer! Wie angewurzelt blieb er stehen, starrte es verblüfft an, konnte nicht glauben, was er sah. Ein Messer! In seiner Tür! War dies eine Kampfansage, hatten die drei nun endgültig das Kriegsbeil ausgegraben? Die Drohung war offensichtlich, und aus seinen Fachzeitschriften wusste er, dass die Kaukasier gut mit Messern umzugehen verstanden.

Zweifellos hatten sie ihn in der Nacht erkannt und wollten ihm zu erkennen geben, dass sie ihn für Tamaras Mörder hielten. In seinen Augenwinkeln nahm er eine scheinbare Veränderung wahr, ohne sie gleich einordnen zu können. Erst beim zweiten Blick nahm er wahr, dass die Garagentür offen stand. Zögernd ging er hinein, sah sich um. Alles war so, wie es immer war, oder nicht? Ein bestialischer Gestank machte sich in der Garage breit. Auf der Kühlerhaube lag ein Haufen Scheiße, überall in der Garage lag Scheiße und auf der Windschutzscheibe stand, deutlich mit Scheiße geschrieben: „Du bist auch ein Stück Scheiße!“

„Was ist denn da passiert, hast du dich vielleicht angeschissen?“

Zu Tode erschrocken fuhr er herum. Seine Frau stand im Tor, im scheußlich altrosageblümten Bademantel. Höhnisch grinste sie ihn an. „Da hat aber kräftig wer auf dich geschissen, findest du nicht?“

„Schleich dich, du Schlampe!“, schrie er sie an. Sein Gesicht war wutverzerrt. Der Fetzen, mit dem er die Scheiße wegwischen wollte, war ihm vor Schreck aus der Hand gefallen. Rasch hob er ihn auf und warf ihn nach ihr. Sie reagierte blitzschnell und sprang zur Seite, der stinkende Fetzen landete klatschend am Gartenzaun. Bevor sie noch ins Haus flüchten konnte, war er bei ihr und schlug wie von Sinnen auf sie ein. Sie riss sich los, rannte hinein und sperrte ihn aus. Wütend, seiner Sinne kaum mehr mächtig, drosch er auf die Tür ein. Dann brach er weinend zusammen.

Keine zehn Minuten später hörte er das Folgetonhorn. Dramatisch inszeniert, raste ein Dienstwagen die Auffahrt herauf. Das Blaulicht huschte dämonisch über die Mauern. Links und rechts rissen die Nachbarn die Fenster auf und spähten vorsichtigneugierig heraus. Wie erstarrt stand er vor der Haustür, unfähig sich zu rühren. Das Messer steckte noch immer im Holz, der scheißverschmierte Fetzen lag im Gras.

„Hast jetzt endgültig durchdreht?" Verschlagen wie eine Klapperschlange kurz vor dem Biss, schreckte Rudolf ihn auf. Ausgerechnet er, sein Intimfeind. „Deine Frau hat uns angerufen, du hast sie angeblich geschlagen, sie bedroht, stimmt das? Was soll das Messer in der Tür, betätigst dich du in letzter Zeit als Messerwerfer?"

Die provokante Art des Kollegen riss endgültig alle Schranken nieder. Er war mit seinen Nerven am Ende. Kraftlos sank er auf die Gartenbank. Verächtlich blickte Rudolf auf ihn nieder.

„Was ist denn los mit dir, was hast denn wieder für an Scheiß baut", wollte er von ihm wissen.

Das Wort Scheiß ließ ihn wieder zur Besinnung kommen, er stand auf. „Komm mit mir, ich muss dir was zeigen!" Er ging in die Garage, Rudolf und den zweiten Kollegen im Schlepptau. Zeigte ihnen die verschmierte Scheiße auf dem Auto, an der Windschutzscheibe.

„Schöne Scheiße", entfuhr es Rudolf.

„Das kann man wohl sagen", ergänzte der Kollege.

„Scheiße, nichts als Scheiße", fügte er hinzu. „Ich erstatte Anzeige gegen Unbekannt wegen böswilliger Sachbeschädigung und gefährlicher Drohung!"

Rudolf bleckte bösartig. „Zuerst möchten wir mit deiner Frau sprechen. Schließlich hat sie uns zu Hilfe gerufen, da sie sich von dir bedroht fühlte. Gibt es eine Erklärung dafür?"

Stockend schilderte er den Sachverhalt. Rudolf kratzte sich, glaubte ihm kein Wort. Warf ihm ätzend seine Verachtung ins Gesicht.

„Und das Messer? Du kannst doch beim besten Willen von uns nicht erwarten, dass wir dir diesen Blödsinn abnehmen! Das Messer ist schon in der Tür gesteckt, als du ankamst, wer's glaubt, wird selig!"

Wie besessen begann er seine Unschuld zu beteuern, erzählte von den Tschetschenen im verbeulten Bus, seiner nächtlichen Suche und wie er sie am Parkplatz beim Schwimmbad entdeckt hatte. Wie er auf eigene Faust ermittelte. Doch seine Überzeugungskraft lahmte wie ein alter Klepper. Rudolf blieb skeptisch, lächelte spöttisch.

Mittlerweile war der junge Kollege ins Haus gegangen, um die Aussage der Ehefrau aufzunehmen. Auch er grinste spöttisch, als er wieder zurück kam. „Du sitzt ganz schön in der Scheiße" ätzte er. „Deine Frau glaubt, du selbst hast die Sauerei in der Garage angerichtet. Du trinkst in letzter Zeit etwas zu viel, meint sie. Sie hat jedenfalls nichts gehört und gesehen. Keine nächtlichen Geräusche, keine Tschetschenen, keinen verbeulten weißen VW-Bus. Nur dich hat sie schmerzlich erfahren, als du sie geschlagen hast, ist sie ins Haus geflüchtet. Sie hat auch kein Messer in der Tür stecken gesehen, sagt sie!"

Er heulte auf. „Ihr kennt doch alle die Probleme mit meiner Frau, wisst genau, welche Schlampe sie ist, ihr habt sie doch selber alle gebumst!"

Rudolf lachte. „Sollen wir diese Aussage ebenfalls protokollieren? Die Presseleute wären uns sehr, sehr dankbar für einen Skandal! Ich sehe schon die Titelzeile vor mir, fett gedruckt – Frau eines

Kollegen beglückt die gesamte Mannschaft! – Würde dir das gefallen?"

„Nein, natürlich nicht", erwiderte er. Schwer erschüttert ließ er sich auf die Gartenbank fallen. „Was soll ich denn machen, so helft mir doch", schrie er die Kollegen an, nervlich total am Ende. „Die Tschetschenen sind hinter mir her, sie verdächtigen mich, dass ich mit dem Verschwinden ihrer Landsmännin zu tun habe. Fahren ständig vor meinem Haus auf und ab, seit Tagen bekomme ich mysteriöse Anrufe, zwei Briefe mit dem Zeitungsfoto der Toten haben sie mir geschickt – seit Tagen werde ich terrorisiert."

Rudolf nahm die Briefe mit, auch das Messer. Die Spurensicherung der Kripo würde sich damit beschäftigen.

„Und hast jetzt die Tschetschenin umgebracht, ja oder nein", feixte er, sah ihm herausfordernd zynisch ins Gesicht.

„Nein, natürlich nicht, ich bin doch kein Mörder. Das traust du mir ja doch nicht zu, oder?"

Rudolf rang sich ein bösartiges Lächeln ab. „Wenn man so tief in menschliche Abgründe hinein geschaut habe wie ich, dann traut man sich bald selbst nicht mehr, geschweige denn einen anderen. Für mich ist jeder Verdächtige schuldig, so lange seine Unschuld nicht bewiesen ist, also auch du!"

Er wandte sich an den jungen Kollegen. „Mach noch ein paar Fotos von den Scheißhaufen in der Garage und dann nichts wie weg von dieser ungastlichen Stätte!"

Als er bereits im Auto saß, drehte er die Scheibe noch herunter. „An deiner Stelle würde ich sehr, sehr vorsichtig sein, bei den Tschetschenen herrscht nämlich noch die Blutrache!" Lachend drehte er die Scheibe wieder hoch und legte einen Kavaliersstart hin, seinen verdächtigen Kollegen, nicht nur symbolisch gesprochen, in der Scheiße zurücklassend.

Am frühen Nachmittag war es dann so weit. Die Beamten der Kriminalpolizei kamen ins Haus. Mit einem privaten PKW, so diskret wie möglich, aber doch. Noch war er einer der ihren, aber wie lange noch?

Sie verhörten ihn, befragten seine Frau, inspizierten die Garage, untersuchten das aufgebrochene Schloss und die Tür, in der das Messer nun nicht mehr steckte. Sie behandelten ihn respektvoll, aber nichtsdestotrotz mit einer gewissen sprachlichen Schärfe, die ihn misstrauisch machte. Was wussten sie bereits? Hatte ihnen Rudolf von seinen Verdächtigungen erzählt, von dem ominösen Stein am Waldrand, vom Erlensumpf?

Er blieb bei seiner Aussage. Ja, er war an jenem Tag im Krankenstand. Ja, er habe nicht schlafen können, deshalb stand er im Morgengrauen auf und fuhr zum Pilze sammeln in den Wald. Nein, nicht in den Wald an der Grenze, sondern in den Stadtwald bei der Hinterleiten in der entgegengesetzten Richtung. Nein, niemand habe in dabei gesehen und er habe auch keine Pilze gefunden. Nein, er konnte sich nicht erklären, warum die drei Tschetschenen ihn verdächtigen, er habe die Vermisste nie gesehen. Er konnte sich aber auch nicht vorstellen, dass die Tschetschenen die beiden Briefe an ihn sandten und ihm mit Telefonterror fertig machen wollen. Das, so vermute er, seien entweder Dummejungenstreiche, oder aber gezielte Störversuche eines Mitbewerbers um den Posten des Kommandanten.

In dem Moment, als er diesen Verdacht preisgab, wusste er, dass die Aussage unklug war. Nun wurde ihr Tonfall härter und ein Bombardement an Fragen prasselte auf ihn nieder. Der Ehrenkodex der Polizei stand auf dem Spiel. Es wurde ihm klargemacht, dass man in den eigenen Reihen hart durchgreifen werde, wenn es auch nur den geringsten Hinweis auf eine Mitschuld gäbe.

Ob er denn beweisen könne, dass er im Stadtwald war, auf der Hinterleiten und nicht an der Grenze?

Warum er nur den einen Tag krank war, ob er eine ärztliche Bestätigung vorweisen konnte. Konnte er nicht, denn er war bei keinem Arzt, es war nur eine Magenverstimmung, keine richtige Bauchgrippe, die man medikamentös behandeln musste. Es genügte die altbewährte Soletti-Cola-Diät, um wieder auf den Damm zu kommen. Außerdem sei er keiner, der wegen jedes kleinen Kratzers in den Krankenstand gehe, sie sollen sich sein Stammblatt ansehen.

Natürlich habe er schon oft Tschetschenen gesehen, schließlich sei er Grenzpolizist und sie werden dort zuhauf aufgegriffen. Aber auch Georgier, Iraker, Iraner, Afghanen, Vietnamesen und sonst noch alles mögliche. Und er kenne keine Tamara Dossidowitsch!

Warum er sich so für die Untersuchungen interessiert habe?

Reines berufliches Interesse, gab er an, er sei mit Leib und Seele Polizist, wollte in jungen Jahren selbst zur Kripo wechseln!

Warum er die Sache mit den Briefen und dem Telefonterror nicht sofort seiner Dienststelle gemeldet hatte?

Vor allen Dingen aber wollten sie wissen, warum er in seinem Urlaub damals mit Harry in einer tschetschenischen Bar gewesen war. Der Kriminalbeamte nannte ihm genau Datum und Uhrzeit, wusste auch, dass er zweimal dorthin ging, auch dass er sich mit einer Prostituierten auf das Zimmer zurückzog!

Sie zermürbten ihn mit Fragen. Immer wieder begannen sie mit ihrer Litanei von vorne. Warum, warum, warum? Dann ließen sie die Katze aus dem Sack.

„Können Sie sich noch an den Namen des Mädchens erinnern?"

„Olga hieß sie", gab er zur Antwort. „Ganz sicher Olga, ja Olga!"

„Hatten Sie mit ihr nachher noch einmal Kontakt?"

„Nein", schwindelte er, konnte und durfte ihnen nichts von dem Anruf sagen, ohne das Mädchen zu gefährden.

„Hatten Sie mit Olga sexuellen Kontakt?"

„Ja", dies konnte er ruhig zugeben.

„Ist Ihnen bekannt, dass das Mädchen seit einigen Tagen wie vom Erdboden verschluckt ist?"

Er erbleichte. „Nein, ich schwöre, ich habe nichts davon gewusst. Wenn das stimmt, dann würde es mir sehr, sehr Leid tun, denn sie war sehr nett und wurde gezwungen, etwas zu tun, was sie eigentlich nie wollte. Man hatte ihr eine große Karriere als Tänzerin vorgegaukelt, stattdessen ist sie wie die meisten anderen im Puff gelandet."

„Haben Sie gewusst, dass Tamara einen Bruder namens Pawel hat?"

„Nein."

„Wann haben Sie ihren Freund Harry zuletzt gesehen? Haben Sie gewusst, dass er vor zwei Tagen vom Dienst suspendiert und ein Verfahren gegen ihn eingeleitet wurde wegen seiner guten Kontakte zur Tschetschenenmafia in Wien?"

„Wurden Sie gewarnt, dass Tamaras Bruder derzeit auf der Suche nach ihr in Österreich weilt?"

„Haben Sie die drei Tschetschenen schon einmal gesehen. Sind es überhaupt Tschetschenen, die Sie in dem weißen VW-Bus verfolgen? Hat außer Ihnen noch jemand gesehen, dass die drei ständig vor Ihrem Haus hin und her fahren? Wer hat das Messer entdeckt, welches in Ihrer Tür steckte? Ist Ihnen klar, dass dies ein uralter Brauch im Kaukasus ist, wenn man jemandem Rache schwört? Ist Ihnen das Gesetz der Blutrache bekannt?"

„Haben Sie Tamara Dossidowitsch ermordet? Wo haben Sie die Leiche versteckt? Wo ist die Mordwaffe?"

„Hat Sie wer gesehen, als Sie vom Pilzesammeln nach Hause kamen?"

Drei quälend lange Stunden nahmen ihn die Kollegen von der Kripo in die Mangel. Er wusste nicht mehr, wo ihm der Kopf stand. Geschickt kamen sie immer wieder auf dieselben Fragen zurück, wollten ihn irritieren, in die Enge jagen.

Doch er hielt durch. Er kenne keine Tamara, habe sie nie gesehen. Ja, er war im Stadtwald an der Hinterleiten, nicht an der

Grenze. Niemand hatte ihn kommen gesehen, kein Mensch war um fünf Uhr früh auf der Straße gewesen.

Die Kriminalisten befragten die Nachbarn. Keiner sah ihn, weder beim Wegfahren, noch beim Ankommen. Sie bestätigten unisono, dass er auf seinen dienstfreien Tagen im Sommer öfters im Morgengrauen mit dem Fahrrad in den Wald fuhr, um Pilze zu sammeln. Sie sahen nichts und wussten nichts. Einer älteren Frau von der gegenüberliegenden Straßenseite war allerdings der weiße VW-Bus aufgefallen, als er gestern und heute aufreizend langsam durch die Siedlung fuhr, gerade so, als ob man eine Hausnummer suchen würde.

Kurzentschlossen gab man eine Alarmfahndung heraus. Drei Tage lang fahndete die Polizei im Umkreis von fünfzig Kilometer nach den ominösen drei Tschetschenen in dem auffälligen Kleinbus. Die Bevölkerung wurde um Mithilfe gebeten. Er musste Pass und Dienstwaffe abgeben, wurde einstweilen vom Dienst freigestellt, stand quasi unter Hausarrest.

Trotz intensiver Fahndung fand sich weder von den drei Verdächtigen, noch von der Leiche eine Spur. Der Kriminaloberinspektor gab ihm seinen Pass zurück. Sein Vorgesetzter requirierte seine Dienstwaffe, schickte ihn in Begleitung seines Intimfeindes Rudolf nach Wien, wo er einen Tag lang die Tortur einer Befragung durch den Polizeipsychiater über sich ergehen ließ. Letztendlich blieb er auch dort standhaft. Achselzuckend bescheinigte ihm der Seelendoktor seine Unbedenklichkeit. Der Patient, so schrieb er in seinem Bericht, sei nicht auffälliger gestört als andere Polizisten auch. Er halte ihn eines Mordes nicht für fähig. Abschließend empfahl er allerdings einen Krankenstand von vierzehn Tagen, damit er sich von den seelischen Strapazen des Verhörs wieder erholen könne.

Als sie in das Dienstauto wieder einstiegen, schrie ihn Rudolf förmlich an. „Für mich bist du der Mörder, ein für allemal! Gib es doch zu, wir erwischen dich doch so und so! Mir ist das ganz wurscht, was der Seelenklempner von dir glaubt. Mir sagt mein gesunder Hausverstand, dass du die Tamara umgebracht hast!"

Die zwei Wochen Krankenstand waren Strafverschärfung genug. Immer wieder wollte seine Mutter wissen, ob er denn Urlaub hätte, denn krank sehe er nicht aus. In den wenigen Momenten, wo er seiner Frau im Stiegenhaus, im Garten oder sonst wo begegnete, erntete er nur ein spöttisches Lächeln. Seine Nachbarn schlossen die Fenster, wenn er sich im Hof oder im Garten aufhielt. Jedermann begegnete ihm mit Misstrauen. Wenn er einkaufen ging, egal ob beim Bäcker oder im Supermarkt, merkte er, wie die Leute hinter seinem Rücken tuschelten. Selbst der sonst immer freundliche Tankwart bediente ihn einsilbig. Niemand sprach mit ihm, es war als ob er von gläsernen Wänden umgeben war. Seine Mitmenschen zogen sich von ihm zurück, beschränkten den Kontakt mit ihm auf das Allernotwendigste. Keiner war da, der ihm Trost spendete, aufbauen wollte. Seine ganze Kontaktpflege vor einigen Tagen war umsonst gewesen, nun zeigte man ihm geschlossen den Rücken.

Er kannte das Kleinstadtleben wie seine Westentasche, wusste Bescheid über die Entstehung von Klatsch, Tratsch und Gerüchten. Offen in das Gesicht würde ihm, außer Rudolf natürlich, keiner was sagen, aber hinterrücks, ja hinterrücks, da war er in ihren Augen schon verurteilt. Diese Erkenntnis traf ihn wie ein Keulensschlag, noch dazu, da sie allesamt Recht hatten!

Verbittert zog er sich zurück. Blieb im Haus, verkroch sich in seinem Zimmer. Nach Einbruch der Dunkelheit schlich er sich heimlich fort und ging in den Wald. Sprach mit sich selbst, mit den Bäumen, mit dem Wind, der in den Blättern säuselte. Saß stundenlang, in wohltuende Finsternis eingehüllt, auf der Bank unter der Riesenbuche. Starrte auf den Waldboden, erschrak bei jedem Geräusch. Die Kälte der Nacht machte sich in seinen Knochen breit und verstärkte seinen Seelenschmerz.

Immer wieder stellte er sich die Frage, warum er ausgerechnet an jenem fatalen Morgen an die Grenze gefahren war. War es Schicksal, Bestimmung, Zufall? War es vielleicht gottgewollt, dass er zum Mörder wurde? Warum, warum, warum? Warum er? War er nicht selbst durch seine besonderen Lebensumstände bisher immer Opfer gewesen? Opfer seiner kranken Mutter, Opfer seiner zynischen, heuchlerischen, betrügerischen Ehefrau? Welche unheilvolle Kraft trieb ihn dazu an, vom Opfer zum Mörder zu werden? War es ein unbewusster Zwang, die Opferrolle abzuschütteln? War er in jenem Morgengrauen zum Spielball unbekannter höherer Mächte geworden?

Er grübelte und grübelte, kam auf keinen grünen Zweig. Er hätte gerne alles gegeben, um diese Tat ungeschehen zu machen. In manchen dieser Nächte war er fast so weit, sich aufzuhängen oder in das kühle Wasser des Badeteiches zu stürzen.

Sein Bewusstseinszustand änderte sich. Der klebrige Stumpfsinn seines verpfuschten Lebens machte ihm mehr zu schaffen, als er erwartet hatte. Er fühlte, dass es aus diesem Teufelskreis für ihn kein Entrinnen gab. Mit der absurden Deutlichkeit des Unerklärbaren wurde ihm dann jede kleine Einzelheit seiner unkontrollierten, ungeplanten Tat bewusst. Wie die schwarzhaarige Schöne in panischer Hast aus dem Unterholz brach, ihm direkt vor die Füße lief. Wie er sie zu Boden riss, in sie eindrang, ihr den Mund zuhielt, sie erstickte. Wie ihn ihre Augen starr vor Unverständnis anblickten, schreckgeweitet in der Sekunde ihres Todes.

Im Gymnasium hatte er Herodot gelesen. Ein Zitat hatte sich ihm eingeprägt: „Der Zufall beherrscht den Menschen und nicht die Menschen den Zufall.“ Diese Worte spendeten ihm Trost. Der Zufall hatte ihn zum Mörder gemacht! Wäre er nicht an diesem Tage zufällig krank gemeldet gewesen, dann wäre er nicht in den Grenzwald gefahren. Und hätte an jenem unheilvollen Morgen nicht zufällig die Flüchtlingsfrau seinen Weg gekreuzt, so wäre er nicht zufällig zum Mörder geworden!

Der Zufall war sein Orakel, dem er nicht entgehen konnte. Vielleicht war es ihm von Geburt an bestimmt, einst zum Mörder zu werden. So wie Ödipus seiner Prophezeiung gerecht wurde, als er seinen Vater tötete und die Mutter schändete. Also, so sagte er beschwichtigend zu sich selbst, war es nicht sein freier Wille, der Tamara tötete. Er gehorchte nur einer inneren Stimme, war nicht er selbst, als er die Tat beging. Sein Wille stand nicht unter der Kontrolle des Selbst, hatte sich verselbständigt im Morgengrauen. Wie ein Motor, der sich nicht mehr abstellen lässt. Das Unvermögen, seinen Willen steuern zu können, war für die Tat außerhalb seines Bewusstseins schuld!

- 14 -

Nachdem er diese Gewissheit erlangte, fühlte er sich wieder wohler. Die schwere Last des Mörders fiel von ihm ab. Nicht er war schuld, sondern der Zufall! Sein Neben-Ich hatte Tamara getötet, war schuld an dem Schlamassel. Seine abgegrenzte Individualzone, der bewusste Gegensatz zwischen seinem Ich und der Außenwelt gewann Oberhand. In den Augen seiner Mitmenschen mochte er vielleicht ein Mörder sein, doch er wusste genau, dass für diese Tat andere, außer seiner Kontrolle stehende Kräfte schuld waren!

Mit diesem Bewusstsein zog er sich in seine ureigene Prinzipienwelt zurück. Sein Selbstbewusstsein kehrte zurück, übersah und überhörte geflissentlich böse Blicke und Worte hinter seinem Rücken. Er war wieder ganz der Alte, der „Unbestechliche“ in seiner Uniform mit den Balken seiner Auszeichnungen an stolzgeschwellter Brust.

Nach vierzehn Tagen Krankenstand meldete er sich erneut zum Dienst. Zerstreute mit übertriebener Höflichkeit das anfängliche Misstrauen seiner Kameraden. Zu Allerheiligen stand er bei der Heldengedenkfeier ehrbar und aufrecht in vorderster Front neben seinem Kommandanten. Mit verächtlichem Blick musterte er alle Umstehenden mit der Botschaft „seht her, ich bin wieder hier, kein Mensch hat mir was nachweisen können!“

Der Umstand, dass man noch immer keine Leiche gefunden hatte, machte ihn sicher vor weiterer Verfolgung. Irgendwann im Laufe der Zeit würde wieder ganz normaler Alltag einkehren, kein Mensch mehr von der vermissten Tamara sprechen, es gab weitaus Wichtigeres!

Der Winter zog ins Land, tagelanger Schneefall überdeckte Erlensumpf und Grenzwald und den halb verfallenen Heustadel. Die Patrouillengänge wurden zunehmend mühsamer, im hohen Schnee war oft auch mit dem Geländewagen kein Weiterkommen. Wochenlang tat sich nichts an der Grenze, Dienst um Dienst verlief eintönig. So wie der Schnee Wald, Wiesen und Felder überlagerte, so überlagerte er auch scheinbar sein Denken an den Tag, an dem seine Welt vollends aus den Fugen ging. Nach und nach verdrängte er Tamara aus seinem Bewusstsein.

Am Heiligen Abend hatte er dienstfrei. Früh am Morgen schon holte er aus dem Stadtwald eine kleine Fichte und putzte sie im Zimmer seiner Mutter auf. Da sich seine Frau den ganzen Tag wieder nicht blicken ließ, machte er im Erdgeschoss gründlich sauber. Den ersten Stock überließ er ihr, hatte er sich doch geschworen, ihn nie wieder zu betreten. Am Vortag schon brachte er vom Supermarkt eine gefrorene Ente mit, die wollte er selbst braten, für sich und seine Mutter.

Seine Mutter hatte wieder einen dieser Tage, an dem sie komplett weggetreten war. Mühsam musste er sie füttern. Hielt danach ihre Hand und erzählte ihr, dass Weihnachten wäre. Er wusste nicht, ob sie ihn verstand, trotzdem fuhr er fort über die Weihnachtszeit der Kindheit zu erzählen, damals als der Vater noch lebte und Anna, die Schwester, noch im Haus war. Irgendwann vermeinte er, einen Druck ihrer Hand zu verspüren und als er aufblickte, sah er ein leises Lächeln über ihre Züge huschen. Plötzlich überkam ihm der Gedanke zu beten. Das Vaterunser, leise zwar, aber bewusst Wort für Wort exakt betonend. Mit einem Male wurde auch seine Seele weicher, die sich morgens im Bette bei dem Gedanken an ein friedliches Fest verdüstert hatte. Das kleine Zeichen seiner Mutter, dass sie ihn verstand, war wie ein Weihnachtswunder.

Im Gedanken an dieses Wunder versunken, überhörte er den schrillen Ton des Telefons nicht. Erst das andauernde Läuten riss ihn aus seinem Wachtraum. Zitternd, von schrecklicher Vorahnung erfüllt, hob er den Hörer ab. Da war sie wieder, diese aufreizende, nervenzermürbende Melodie. Das Gewinsel der Mundharmonika drang ihm durch Mark und Bein. Alte Wunden brachen auf. Kraftlos entglitt der Hörer seiner Hand. Taumelnd erreichte er das Bad und übergab sich. Schwer atmend saß er auf dem Wannenrand, der Spuk der Vergangenheit, dem er bereits hoffnungsfroh entronnen schien, hatte ihn wieder eingeholt!

Waren es Minuten, waren es Stunden, die er so dasaß? Er wusste es nicht, hatte die Kontrolle über sich und die Zeit verloren. Albtraumhaft zogen Bilder seines Opfers an ihm vorbei. Bilder, die er bereits vergessen glaubte, schreckliche Bilder, quälende Bilder. Bezeichnenderweise sah er sich selbst als Opfer, geradeso, als wäre die schöne Tschetschenin in selbstmörderischer Absicht in seine Arme gelaufen. Zornwütig rannte er in das Zimmer seiner Mutter, riss den kleinen Christbaum vom Tisch und schleuderte ihn aus dem Fenster in den Vorgarten. Für ihn gab es kein Weihnachten mehr, keine Besinnung, keine Hoffnung auf Weihnachtsfrieden. Der leere Blick seiner Mutter folgten ihm verständnislos.

Mechanisch zog er die hohen Winterstiefel an, holte Anorak und Pelzmütze aus dem Schrank und stapfte in den Winter hinaus. Wie von Furien getrieben hetzte er in den Grenzwald. Bei seinem Schicksalsfelsen verharrte er regungslos. Langsam fiel er auf die Knie. Die Nässe des Schnees drang durch seine Hose, doch er merkte es kaum. Zögernd begann er mit dem Vaterunser. Und vergib uns unsere Schuld. Verzeih Tamara, verzeih. Frohe Weihnachten, Tamara, frohe Weihnachten. Tränen kollerten ihm die Wangen herunter, netzten den Felsen, den Schnee. Dem Wahnsinn nahe heulte er vor sich hin, gebeutelt vor Gram und Schmerz, Schuld und Sühne. In sich und dem Eingeständnis seiner Schuld versunken, nahm er nichts anderes mehr war.

So hörte er auch nichts von dem Motorengeräusch, das langsam näherkam. Sah nichts von den Scheinwerfern, die ihn erfassten und in gleißendes Licht tauchten. Erst eine wohl bekannte Stimme riss ihn aus seiner trüben Gedankenwelt.

„Sieh mal einer an, wen wir da haben“, ertönte die höhnische Stimme Rudolfs hinter ihm. „Der Mörder kommt doch tatsächlich immer an den Tatort zurück, habe ich Recht?“

Ohne ein Wort zu sagen, richtete er sich auf, putzte den Schnee von seiner Kleidung und ging schwerfällig an dem verhassten Kollegen vorbei, heimwärts zu. Wartete auf ein donnerndes „Halt! Stehenbleiben!“, doch Rudolf blieb stumm, ließ ihn davon ziehen in die winterliche Finsternis. Erst als er an die hundert Meter weiter war, hörte er ein spöttisches „Frohe Weihnachten“.

Abscheu überschüttete ihn. Abscheu vor sich selbst, Abscheu vor Rudolf, Abscheu vor seiner Tat. Seiner Sinne kaum mehr mächtig stolperte er durch den Tiefschnee der kleinen Stadt zu. Die abendlichen Straßen waren menschenleer. Am Platz vor dem Rathaus sandte ihm der Weihnachtsbaum tröstendes Licht. Mancherorts drang Weihnachtsmusik aus Häusern, sah er durch Vorhangspalten streifenweise den Schein der Christbaumkerzen. Doch in seinem Herzen war kein Platz für eine wie immer auch geartete Feststimmung. Den Blick zu Boden geheftet, kämpfte er sich durch Wind und Schneegestöber. Sein Herz war bitterkalt, sein Geist sinnentleert, in keiner Weise empfänglich für das Mysterium dieses ganz besonderen Tages.

Seine eigene Situation erschien ihm so wirklichkeitsfern wie ein böser Traum. Sein Leben war sinnlos geworden, zerstört durch einen sekundenkurzen Augenblick der Gier, Aggression und momentaner Kopflosigkeit. Bis heute fand er keine Erklärung für seine Tat. All seine Selbstgefälligkeit bröckelte von ihm ab. Keine Muttergottes konnte ihm helfen, keine fadenscheinige Ausrede, kein Abschieben der Verantwortung an ein Neben-Ich, an ein Über-Ich oder wie immer dies ein Seelenklempner nannte. Er allein war verantwortlich für diese Tat. Mit grenzenloser Abscheu betrachtete er seine Hände, die ihr reflexartig den Mund zuhielten, sie erstickten.

Irgendwann war er wieder in seinem Haus. Ließ heißes Wasser in die Badewanne laufen und tauchte in die wohltuende Wärme ein. Dies war sein Hort, sein Schutz vor aller Unbill der Welt, sein nasses Refugium. Hier suchte und fand er geistige und körperliche Entspannung. Obwohl es erst sechs Uhr abends war, nahm er zwei Schlaftabletten und ging zu Bett. Eigentlich hatte er sich vorgenommen, um Mitternacht in die Mette zu gehen. Er war zwar nie ein besonders fromm gewesen, doch an den hohen kirchlichen Feiertagen ging er immer, wenn sein Dienstplan es zuließ, zur Heiligen Messe. Doch heute konnte er nicht. Erstens, weil er ein schwerer Sünder war, eine Todsünde begangen, einen Menschen umgebracht hatte. Einen Menschen, den er nie zuvor gekannt, gesehen hatte. Einen Menschen, der stellvertretend für all dies büßen musste, was wie ihm selbst an Unglück widerfahren war. Die aufopfernde Pflege seiner schwierigen, meist ihrer Sinne nicht mehr mächtigen Mutter, die Schikanen, mit denen sie Tag und Nacht seine geschundene Seele malträtierte. Die höhnischen, herablassenden Provokationen seiner Frau, die ihn vor aller Augen betrog und demütigte. Die hinterfotzigen Verbalattacken seines Kollegen Rudolf, der ihn für einen Weichling hielt, der sich von seinen Frauen schikanieren ließ bis zur Selbstaufgabe. Der ihn von Anfang verdächtigt hatte und der Wahrheit am nächsten kam.

Zweitens wollte er nicht zur Mette gehen, da er es hasste, wenn die Leute hinter seinem Rücken tuschelten. Mangels anderer großer Themen hatten sich die lieben Mitmenschen auf ihn eingeschossen. Bezeichneten ihn hinterrucks als Mörder und Menschenschlächter, während sie ihn von vorne freundlich grüßten. Immer wenn er in die Stadt ging, gaffte man ihn unverblümt an, stießen sich die Leute die Ellbogen wund, um den Gesprächspartner auf ihn aufmerksam zu machen. Beinahe kam es ihm vor, als ob die Menschen seiner unmittelbaren Umgebung ein neues Spiel spielten, das „Gemma-Mörder-schaun-Spiel!“ Wenn er über den Platz ging, brach plötzlich allerorts die Blicksucht aus, eine typische, epidemische Krankheit des Kleinstadtlebens, für die es keine Mittel zur Heilung gab.

Deshalb blieb er im Bett und ließ sich von den Tabletten langsam in den Schlaf treiben. Sein Unterbewusstsein signalisierte ihm irgendwann, dass seine Frau das Haus verließ. Es war ihm gleichgültig, wohin sie ging, zu wem sie ging.

Drei Wochen lang schneite es, was das Zeug hielt. Meterhohe Schneewände säumten Häuser und Straßen. Tag und Nacht waren die Schneeräumfahrzeuge rund um die Uhr im Einsatz. Störungen im Stromnetz waren nicht die Ausnahme, sondern die Regel. Züge kamen zu spät, auf den Straßen herrschte totales Chaos. Der Briefträger brachte die Post erst, wenn überhaupt, in den späten Nachmittagsstunden. Dachstühle ächzten unter der schweren Last des Schnees. Feuerwehrleute wurden zur Hilfe gerufen, um die weiße Pracht von den Dächern zu schaufeln. In der Stadt war es schwierig, zwischen den Schneewänden einen Parkplatz zu finden.

Eines Morgens, als er vom Dienst heimkam, sah er Spuren rund ums Haus. Große Spuren, feste Spuren, Spuren von derben Männerstiefeln. Er stutzte, als er sie sah. Alte Ängste brachen wieder aus, ließen ihn Blut und Wasser schwitzen. Zwei verschiedene Sohlenprofile waren zu erkennen. Sogleich dachte er wieder an die Tschetschenen, nur sie konnten es gewesen sein. Er überprüfte das Schloss an der Haustür, es war in Ordnung. Auch die Fenster waren alle versperrt, niemand hatte sie angerührt. Damit stand fest, dass die Alarmanlage nicht aktiviert wurde. Er ging den Spuren nach bis in die Garage. Öffnete das Tor, blieb wie vom Donner gerührt stehen. Alle vier Reifen waren zerstochen! Plattfüßig stand der Geländewagen da, richtig pervers sah er aus. Wie gelähmt verharrte er in Unverständnis, vermochte seinen Augen nicht zu trauen. Er betrachtete dieses Attentat als Kampfansage, als unmissverständliche Kriegserklärung! Diesmal aber würde er es nicht den Kollegen von der Polizei melden, nein, diesen Kampf musste er ganz alleine ausfechten bis zum bitteren Ende. Es war ihm klar, worauf er sich einließ. Sie waren zu dritt, hart und vor allen Dingen skrupellos. Sie würden ein Geständnis erzwingen, so oder so!

Seine Frau hatte natürlich wieder nichts gesehen, wieder nichts gehört. Doch er sah es ihr an, dass ihre Kaltschnäuzigkeit verflogen war, sie es nun selbst mit der Angst zutun bekam. Inständig drängte sie ihn, bei der Kriminalpolizei anzurufen. Er weigerte sich. Sie schrie und tobte, doch er gab nicht nach. Schleuderte ihr böse Worte ins Gesicht, von wegen Hure und so. Gab ihr zu verstehen, dass sie schuld an dem ganzen Dilemma sei. All sein Ungemach, das sich über die Jahre hinweg aufgestaut hatte, brach nun aus ihm heraus. Weinend rannte sie ins Haus. Krachend fiel die Tür ins Schloss.

Er brachte ein neues Schloss an der Garage an, ließ die Reifen aber unangetastet. Ab nun würde er sich mit dem Dienstwagen abholen und heimbringen lassen, dies war das geringste Problem. Sein großes Problem war schnurrbärtig und gleich in dreifacher Ausführung unterwegs. Doch wo waren sie, die drei Racheengel? Es war tiefster Winter, sie konnten unmöglich im Freien übernachten, mussten irgendwo ein festes Quartier haben. Aber wo?

Tags darauf versah er wieder Dienst am Grenzbalken. Bei der Wachablöse berichtete ihm der Kollege, dass frühmorgens ein verbeulter, weißer VW-Bus Richtung Tschechien fuhr. Man hatte ihn durchgewunken, da ein gewaltiger Schneesturm alle in das Amtsgebäude trieb. Doch er sei sich sicher, dass drei verwegen dreinblickende Männer drinsaßen.

Er war ratlos. Was sollte er tun? Er wollte keine offizielle Meldung erstatten, konnte auch keine Fahndung erlassen, ohne sich selbst verdächtig zu machen. Im tschechischen Grenzstreifen gab es genug halb verfallene, leer stehende Bauernhöfe. Hatten die drei dort etwa ihr Quartier bezogen? Wie beiläufig ging er zu den Kollegen auf der anderen Seite. Jiri hatte dienstfrei, doch Marek war da. Sie plauderten ein bisschen. Geschickt lenkte er das Gespräch auf die drei Tschetschenen. Marek glaubte sich zu erinnern, in der Gegend von Vysne Rauch aus einem dieser Gehöfte aufsteigen gesehen zu haben. Sie gingen in das Büro, wo an der Wand eine riesige Karte hing. Marek zeigte ihm die Lage des besagten Hofes. Er zeichnete sich eine kurze Wegskizze, es würde schon nicht so schwierig sein, diesen Hof zu finden. Marek stellte keine Fragen, falls er sich wunderte, dann zeigte er es nicht. Wahrscheinlich war es ihm egal.

Er war zufrieden, Runde Zwei ging eindeutig an ihn. Nächsten Tag brachte ihm sein Mechaniker einen neuen Satz Winterreifen. Pfiff durch die Zähne, als er die Bescherung in der Garage sah.

„Die waren noch nicht einmal zwei Monate alt, Micheline-Reifen allerbester Qualität. Wer hat dir denn da diesen üblen Streich gespielt?"

„Da siehst du wieder, wie gefährlich es sein kann, Polizist zu sein! Immer gibt es irgendwelche Gauner, die man einmal gefangen genommen hat und die sich früher oder später an dir rächen wollen. Aber erzähl das bitte nicht weiter, du würdest damit den Ermittlungsstand gefährden", beschwor er ihn eindringlich.

Schweigend wechselten sie die Reifen. Irgendwie spürte der Mechanikermeister, dass weitere Fragen überflüssig waren, da er sowieso keine Antwort erhalten würde. Deshalb stellte er auch keine.

Am Abend fuhr er im Schutze der Dämmerung eine alte Forststraße zur Grenze und überquerte diese illegal auf einer Waldwiese. Ein heftiger Sturm heulte, schluckte das Motorengeräusch und verblies die Reifenspuren, damit hatte er gerechnet. Der alte Bauernhof war leicht zu finden. Mutterseelenallein stand er im freien Gelände neben einem kleinen Teich. Das Dach des Ausnahmestüberls war bereits eingefallen, doch der Haupttrakt war einigermaßen intakt. Von der Scheune an der Rückseite des Hofes fehlte die komplette Vorderwand. Heu und Stroh war darin zu sehen, bedeckt von einem Gewirr von Dachbalken, Dachlatten und Eternitplatten. Eine Autospur führte bis zum Hoftor. Aus dem Rauchfang stieg, kaum erkennbar, eine dünne Rauchfahne empor, die von dem heftigen Wind sogleich in Wirbeln auf das Dach und in den Innenhof gedrückt wurde.

Er stand auf der Anhöhe im Schutze des Gehölzes, blickte auf den Einschichthof hinunter.Zwischen alten Obstbäumen führte ein Weg zu dem Hof hinunter in die Mulde. Von dort weiter den Hang hinauf, der Grenze zu. Vor dem Friedensvertrag von St. Germain hatte auch dieser Hof noch zu Österreich gehört. Der Ort mit Namen Weissenbach war eine der dreizehn Gemeinden gewesen, welche damals von Österreich abgetrennt wurden.

Sein Blick glitt den Hang hinauf. In der Ferne war eine Kirchturmspitze zu sehen, bereits über der Grenze in Österreich. Er kannte die Grenze wie seine Westentasche, sie verlief genau hinter dieser Kuppe, maximal tausend Meter entfernt.

Er widmete sein Interesse wieder dem alten Bauernhof, wo sich seine drei Widersacher befanden. Kein Licht war zu sehen, kein Laut zu hören. Die alten Obstbäume hinter dem Hof reckten ihre kahlen Äste in das Dunkel der Winternacht. Nichts rührte sich. Der Wind trieb den Schnee vor sich her, ließ ihn frösteln. Ein Zittern durchdrang seinen Körper. Es war nicht nur die Kälte, sondern sein Bewusstsein, am Rande des Abgrundes zu stehen. Er war sich der Gefahr bewusst, doch er hatte keine andere Wahl. Er musste handeln, hier, jetzt, heute, es gab keinen Ausweg mehr.

Irgendwo ertönte Glockengeläut, kaum mehr hörbar im Wintersturm. Es war erst acht Uhr abends, es war noch zu früh. Er würde noch eine Stunde warten. Ging zum Auto zurück, welches er im Schutze des Hochwaldes abgestellt hatte. Setzte sich hinein, deckte sich mit einer warmen Decke zu und versuchte ein wenig zu schlafen.

Er schlief länger, als er es vorgehabt hatte. Es war stockdunkel, der Wind heulte noch immer gespenstisch, trieb weiße Fahnen vor sich her. Seine Augen mussten sich erst an die Finsternis gewöhnen. Langsam stieg er aus, schüttelte die steifen Glieder, schlug mit den Armen um sich. Der Wind war unbarmherzig kalt, doch für sein Vorhaben geradezu ideal. Nun würde aus dem Mörder auch noch ein Brandstifter werden. Doch dies war seine letzte Chance. Er wollte die drei Tschetschenen ausräuchern. Sie sollten hautnah spüren, dass sie es mit einem übermächtigen Gegner zu tun hatten. Einem der hart war, durchschlagskräftig, sich nichts von niemandem gefallen ließ. Der es auch mit drei von ihrer Sorte aufnahm. Denn nun war er wieder Geheimdienstmann, Experte für Undercovereinsätze jeglicher Art.

Doch er wollte sie nicht töten, ihnen nur einen Schreck einjagen, ihnen klar zu erkennen geben, mit wem sie sich angelegt hatten. Wie schon bei der Bergung der Leiche zog er mit schnellem Ruck die Sturmhaube über das Gesicht und mutierte zu Superman, vom Unbestechlichen zum Unbezwingbaren. Er ballte die Fäuste, streckte sich und gab sich selbst den Befehl zum Sondereinsatz hinter feindlichen Linien. Kurz zuvor hatte er aus dem Reservekanister Benzin in zwei Mineralwasserflaschen umgefüllt, diese müssten reichen. Aus dem Papierkorb der tschechischen Zollstation hatte er in einem unbewachten Augenblick ein paar Flugblätter eines tschechischen Spielkasinos eingesteckt, diese steckte er unter den Anorak. Zum wiederholten Male kontrollierte er den Inhalt seiner Jackentasche. Sturmfeuerzeug, zur Sicherheit auch noch Zündhölzer, sein Schweizermesser, sein Handy, alles war vorhanden. Dann setzte er seine Stirnlampe auf, atmete noch einmal tief durch und verließ das schützende Gehölz. Die Wucht des Windes traf ihn unvorbereitet, beinahe wäre er gestürzt. In geduckter Haltung lief er das freie Feld den Hang hinunter. Bei der halb verfallenen Scheune angekommen, gönnte er sich einige Minuten Atempause.

Leise stieg er durch die lückenhafte Bretterwand in die Scheune ein. Ergriff einen Armvoll Heu und streute es in einer Linie bis zur Stalltür. Dann schüttete er das Benzin darauf. Zündete das getränkte Heu an und warf in hohem Bogen die beiden Plastikflaschen in das brennende Heu hinein. Sein Einsatz war beendet. Mit grimmiger Entschlossenheit sah er dem Feuer nach, das sich langsam ausbreitete. Dann lief er so rasch wie möglich den Hang hinauf und startete den Wagen. Noch einmal blickte er zurück. Das Feuer hatte sich rasch ausgebreitet, der Wind riss Flammentürme empor, Eternitplatten barsten mit lautem Knall, der Dachstuhl brannte lichterloh. Voll Genugtuung sah er, wie drei Gestalten von Panik getrieben aus dem brennenden Hof liefen, den Hang hinauf, der österreichischen Grenze zu. Er fuhr wieder in den Hochwald Richtung Grenzwiese. Blieb im Schutze der Dunkelheit kurz stehen, fischte sein Handy aus der Brusttasche des Anoraks und wählte die Nummer seiner Dienststelle. Mit verstellter Stimme meldete er, dass drei Illegale über die Grenze Richtung Höhenberg unterwegs waren. Roter Feuerschein begleitete seinen Rückzug, sein Sondereinsatz war erfolgreich beendet.

- 15 -

Nächsten Tag war er turnusgemäß wieder bei der Grenzübertrittsstelle im Einsatz. Die Kollegen des Nachtdienstes berichteten ihm total aufgelöst von dem nächtlichen Großeinsatz. Jenseits der Grenze, in der Nähe von Vysne, am alten Kirchenweg nach Höhenberg, war ein verfallener Bauernhof abgebrannt, in dem die drei gesuchten Tschetschenen Unterschlupf gefunden hatten. Wahrscheinlich war dies die seit langem in der Nähe der Grenze vermutete Zentrale der Schlepperbande. Durch einen anonymen Anruf sei der Fluchtversuch der drei gemeldet worden und tatsächlich hatte man sie innerhalb der nächsten halben Stunde an der Grenze gefasst. Wie es sich beim Verhör herausstellte, hatten sie dort drei Wochen lang gehaust und den Hof als Operationsbasis für ihre Suche nach Tamara Dossidowitsch benützt. Die drei hartäugigen Schnurrbartträger, die nun nicht mehr ganz so hart aussahen, wurden den tschechischen Grenzpolizisten überstellt. Nun haben die tschechischen Behörden die drei in der Mangel, es wurde vermutet, dass ihnen der Boden unter den Füßen buchstäblich zu heiß wurde und sie mit dem Brand alle Spuren löschen wollten. Angeblich haben die Kollegen drüben den Bauernhof schon längst einmal durchsuchen wollen, es sei jedoch wegen irgendeiner Schlamperei nie dazu gekommen.

Zufrieden trat er seinen Dienst an. Er kannte die Umständlichkeit der Behördenwege, war sicher, dass die drei hartäugigen Schnurrbartträger für gut drei Wochen einmal aus dem Verkehr gezogen waren. Dann würde die Staatsanwaltschaft in Budweis den Antrag auf Ausweisung und dem damit verbundenen Abschub nach Tschetschenien stellen. Damit, so mutmaßte er richtig, wären die drei abzuschreiben. Pawel würde wohl kaum die Mittel haben, um noch einmal nach Österreich zu kommen. Auch war es nicht zu erwarten, dass seitens des Bordellbesitzers Grischi noch eine Offensive gestartet würde. Mädchen wie Tamara gab es dutzendweise und ihren Platz hatte vermutlich schon längst eine andere Unglückliche eingenommen.

Die Gefahr von dieser Seite dürfte damit gebannt sein, stellte er fest. Das letzte Fragezeichen war nunmehr Rudolf, sein Widersacher, der einzige, welcher ihn durchschaute. Er war ein alter Fuchs und würde er als erster Verdacht schöpfen, dass er hinter dem Brandanschlag stecken könnte.

Sein Instinkt trog ihn nicht. Bei Dienstende kam Rudolf, der zur Patrouille eingesetzt war, zu ihm. „Bist leicht jetzt auch noch unter die Brandstifter gegangen", wollte er von ihm wissen. Niederträchtig gemein grinste er ihn an, hielt den Kopf schief, musterte ihn von oben bis unten. „Wo warst denn gestern Nacht, ich hoffe, du hast wieder ein Alibi, so lückenlos wie in der Mordnacht. Wenn du das nächste Mal zündelst, dann sag mir's bitte vorher, da möchte ich dabei sein, wenn das dreckige Gesindel verbrennt!" Dröhnend lachend ging er von dannen.

Ihm allerdings war nicht zu lachen zumute. Er kannte Rudolf genau, seine zynische, beleidigende Art. Es war dem vollkommen klar, dass nur er für die Brandstiftung infrage kam. Rudolf war der Stärkere und würde nichts unversucht lassen, um ihn zu überführen.

Wenigstens der Wettergott meinte es gut mit ihm. Es schneite weiterhin unaufhörlich. Massen von Schnee sanken auf die Erde hernieder. Nicht einmal die Ältesten konnten sich an solche Berge von Schnee erinnern. Alle seine Spuren waren vom Winde verweht. Die tschechische Feuerwehr hatte den Bauernhof herunter brennen lassen. Niemand stellte Anspruch darauf, niemand war zu Schaden gekommen. So stand er nun niedergebrannt bis auf die Grundmauern, verkohlt und verschwärzt nutzlos in der Landschaft, die kümmerlichen Reste von einer dicken Schneedecke überlagert. Laut Wetterbericht war kein Ende des massiven Schneefalls in Sicht.

In der dritten Woche wurde die Lage brenzlig. Im Gewerbezentrum war das Dach einer Werkshalle eingestürzt, in der Vorstadt ein altes Scheunendach mit einem lauten Krach niedergegangen. Ziegeldächer wurden eingedrückt, Telefonleitungen heruntergerissen, Flugdächer der Autobushaltestellen schwer beschädigt. Die Sachverständigen der Versicherungsgesellschaften kamen nicht mehr nach, alle Schadensmeldungen zu kontrollieren. Der öffentliche Verkehr kam zum Erliegen. Wer nicht unbedingt aus dem Haus musste, blieb drinnen. Feuerwehrleute und Katastropheneinsatztrupps des Bundesheeres waren unterwegs, um die Schneemassen von einsturzgefährdeten Objekten zu entfernen. Arbeiter des städtischen Bauhofes waren beinahe rund um die Uhr damit beschäftigt, die weiße Pracht mit Bulldozzern und Lastwagen aus der Stadt zu räumen. Immer wieder donnerten Dachlawinen auf die Straßen herunter, gefährdeten Fußgänger und drückten Autodächer ein.

Grenzpatrouillen wurden unmöglich, waren weder zu Fuß noch mit dem Geländewagen zu bewältigen. Die Telefone liefen heiß, ständig kamen neue Horrormeldungen von Verkehrsbehinderungen durch den Schnee, Unfälle durch den Schnee, Personenschäden durch den Schnee verursacht. Die Betschwestern hatten sich in der Kirche versammelt und beteten um ein Nachlassen der Schneefälle. Der Bürgermeister richtete eine Telefonbereitschaft im Rathaus ein, die Tag und Nacht erreichbar war. Nichts ging mehr, das tägliche Leben brach zusammen, beschränkte sich auf das Allernotwendigste.

Als der Wettergott endlich ein Einsehen hatte und den Schneefall beendete, fuhr er vom Nachtdienst nach Hause. Unbewusst nahm er in seinen Augenwinkel eine Veränderung in der Landschaft wahr. Irgendetwas war anders wie gewohnt. Vorerst dachte er an eine Spiegelung, eine optische Täuschung. Er blieb stehen, stieg aus, schirmte seine Augen gegen die soeben aufgehende Wintersonne und suchte den Horizont ab. Konnte nicht auf Anhieb erkennen, was das Bild störte. Nach und nach, in kleinen Schritten nur, registrierte er die Veränderung. Das Dach der alten, halb verfallenen Scheune war vollends eingestürzt. Wie der Panzer einer Riesenschildkröte lag es schräg aufragend, anklagend in den Himmel weisend, in einem chaotischen Wirrwarr von kaputten Hölzern. Schreckerstarrt starrte er auf das unwirkliche Gebilde am Horizont, wollte nicht begreifen, nicht wahrhaben, seinen Augen, seinem Gehirn Lügen strafen.

Es war das Dach seiner Scheune, Tamaras Grabstelle, von der gehofft hatte, dass sie es für die Ewigkeit sein würde. Ein Taumel ergriff ihn, er schnappte nach der Dachreling seines Autos und hielt sich daran fest, um nicht ins Bodenlose zu stürzen. All seine Mühen, all das Risiko, das er einging, waren umsonst gewesen. Verzweifelt stand er dort, konnte den Blick nicht von der zusammengestürzten Scheune wenden.

Nun war endgültig alles vorbei. Irgendwann würde irgendwer die kümmerlichen Reste der Scheune abreißen mit samt ihrem Inhalt. Mit den Holztrümmern, mit dem verfaulten, uralten Heu, mit der Leiche Tamaras.

Er war sich sicher, an der Toten keine Spuren hinterlassen zu haben, doch was hieß das schon, bei den modernen Techniken der Kriminalistik. Man würde seinen Speichel abnehmen für eine DNA-Analyse, vielleicht ließen sich doch noch mikroskopisch kleine Spuren von seinen Haaren, Hautresten, Sperma und Ähnlichem finden.

Die Sachlage war aussichtslos. In den nächsten Tagen würde mit der Scheune nichts geschehen, da gab es wichtigere Aufräumarbeiten. Erst später im Frühjahr, wenn der Schnee schmolz und die Scheune wieder zugänglich war. Dann würden Feuerwehr und Besitzer an die Arbeit gehen und den Schandfleck aus der Landschaft räumen. Den Schandfleck seines verpfuschten Lebens. Man würde ihn festnehmen, durch die Mangel drehen, ihn, der seit geraumer Zeit von seinen Kollegen bereits als Hauptverdächtigter gehandelt wurde. Diesmal jedoch knallhart verhören, nicht mehr solch einen amikalen, halbherzigen Weg einschlagen wie bei der Messergeschichte und dem Scheißeattentat in seiner Garage. Ernst und entschlossen an die Sache herangehen, Kollege hin, Kollege her, ungeklärte Fälle stören schließlich die Erfolgsgeschichte der Kripo. Die Medien würden sich erbarmungslos auf ihn stürzen, einen Polizisten als Mörder bekommt man schließlich nicht alle Tage auf dem Präsentierteller serviert. Verwandte, Freunde und Kollegen würden sich mit gespieltem Grausen von ihm abwenden.

War er nicht schon immer auffällig gewesen, ein Einzelgänger, anders als die anderen? In Kollegenkreisen galt er seit jeher als zugeknöpfter Typ, unzugänglich, mundfaul, mürrisch. Keine Gewerkschaft, kein Club der Exekutive würde mehr hinter ihm stehen und ihn verächtlich fallen lassen. Rudolf, sein Intimfeind, hämisch grinsend vor versammelter Presse bekannt geben, dass er ihn von Anfang an in Verdacht gehabt hätte. Freudestrahlend würde er die Reporter zu dem Felsen führen, zum Erlensumpf, dort wo alles begonnen hatte. Anschließend mit grimmiger Entschlossenheit auf den Zeitungsfotos posieren und wer weiß, vielleicht könnte dies für ihn ein Glücksfall sein zum erhofften Karrieresprung zum Postenkommandant, welcher seit Jahresbeginn nur provisorisch besetzt war.

Innenminister, Polizeipräsident und Landeshauptmann würden, telegen wie immer, schwer erschüttert Stellungnahmen abgeben, von schwarzen Schafen und Ausnahmeerscheinungen bei der Polizei sprechen, von dem ungeheuren Druck, welcher auf den

Beamten ständig laste und immer mehr zunahm, so lange man die Personalreserve aus budgetären Gründen nicht aufstocken würde.

Schwer geschockt stieg er wieder ein. Wie willenlos fuhr er nach Hause. Öffnete das Garagentor, steuerte den Geländewagen wie ferngesteuert hinein, schloss das Tor und ging ins Haus. Er lud seine Dienstwaffe, ging in den ersten Stock. Ohne anzuklopfen drang er in das Schlafzimmer seiner Frau ein. Sie sprang von ihrer Frisierkommode auf, öffnete den Mund zu einer ihrer typischen Schimpftiraden. Als sie die Waffe in seiner Hand sah, fuhr sie erschrocken zusammen. Ihn ihrem allerletzten Augenblick erkannte sie den großen Irrtum ihres Lebens. Eine Kugel genügte, traf sie genau ins Herz. Er war am Schießstand ständig der Beste gewesen, hatte zahlreiche Preise bei Wettbewerben errungen. Langsam ging er die Treppe hinunter in das Zimmer seiner Mutter. Sie schlief und so bekam sie es gottlob nicht mit, wie ihr Sohn die Waffe gegen sie richtete. Nach getaner Arbeit ging er seelenruhig in sein Zimmer, befreit von seiner Pein. Legte die Waffe auf seinen Schreibtisch, öffnete den Schrank und nahm seine beste Uniform heraus. Bedächtig langsam zog er sie an, kämmte sich sorgfältig und setzte die goldbetresste Kappe mit dem Hoheitsabzeichen auf. Vor dem Spiegel kontrollierte er, ob auch alle seine Orden an ihrem angestammten Platz saßen. Putzte noch einige Staubfusseln von der Schulter, salutierte ein letztes Mal strammstehend vor dem Spiegel, setzte die Pistole an die Schläfe und drückte ab. Mit explosionsartigem Schwall ergossen sich Blut und Gehirnpartikel über die Belobigungsschreiben und Diplome an der Wand.

IMPRESSUM

ISBN 978-3-85485-314-5

Bücher aus der Verlagsgruppe Styria gibt es
in jeder Buchhandlung und im Online-Shop

styriabooks.at

Lektorat: Reinhard Deutsch
Covergestaltung: Bruno Wegscheider
Layout: Anna Caterina Wegscheider

Coverfoto: ioseph/iStockphoto.com

Druck und Bindung: Druckerei Theiss GmbH
St. Stefan im Lavanttal
7 6 5 4 3 2 1